T'es mort

Sam Sax

T'ES MORT

Traduit de l'anglais (États-Unis)
par Stéphane Vanderhaeghe

la croisée

Titre original :
Yr Dead

Illustration :
© Andrea Settimo, 2024

Conception graphique :
Karine Picault – Studio Delcourt

Première publication aux éditions McSweeney's, USA, en 2024.

Un label dirigé par Émilie Lassus.

La croisée
Groupe Delcourt
8, rue Léon Jouhaux
75010 Paris
www.editions-lacroisee.fr

à celles et ceux
qui m'ont maintenu
en vie

פֿאַר ווײַבער און פֿאַר מאַנסבילן וואָס זײַנען אַזוי ווי ווײַבער, דאָס הייסט זיי קענען ניט לערנען

toute ma gratitude à vous qui avez choisi ce livre. avant que vous ne le commenciez, je voudrais m'assurer que vous savez que ce roman parle de suicide. s'il vous plaît prenez bien soin de vous – vous et votre vie êtes plus précieux que des mots.

Le monde vacillait, palpitait, et menaçait de prendre feu. C'est moi qui barre le passage[1].

VIRGINIA WOOLF

---

1. *Mrs Dalloway*, traduit de l'anglais par Marie-Claire Pasquier, Éditions Gallimard.

Si je devais mettre un nom dessus
mon langage tout entier ne suffirait pas –

l'allergie qui te transperce l'os

le sang qui se retourne contre lui-même

une planète queer recrachée hors de son soleil

les documents dans le four avant l'arrivée des soldats

chaque mur de ta cellule embrassant à pleine bouche
la circulation

chaque organe prenant le soleil sur son matelas ravagé

Ce mythe sur le feu est celui que je préfère. Et même si je m'en rappelle presque entièrement, je galère à me souvenir d'où il vient. Un livre peut-être, à moins que ce ne soit enfoui quelque part dans le sang. C'est l'un des rares moments un peu flous, l'origine des choses – la pellicule se corrompt à mesure qu'elle tourne dans son projecteur. Il ne s'agit pas du mythe grec, cette célèbre arnaque, dans lequel le foie d'un homme est bouffé par un aigle mais repousse tout le temps. Ni même de ces autres voleurs, le Coyote, le Castor, le Lièvre, la Mante, le Corbeau, le Chien, l'Araignée. Ce n'est pas non plus l'ours géant qui collectionne les étoiles pour se maintenir au chaud avec, en arrière-plan, la toile noire du ciel, puis en laisse tomber une sur terre quand il voit que l'humanité tout entière frissonne. Pas l'éclair. Ni la pierre. Pas plus que ces deux villes punies pour leurs habitudes de plaisir. Ni ces trois hommes qui doivent traverser le feu à pieds nus pour éprouver leur foi et – Hosanna – qui survivent. Non, c'est l'histoire d'une enfant qui, après la destruction de sa maison au cours d'un vaste déluge, veut ouvrir la bouche pour chanter et quand elle le fait, au lieu que se déverse une chanson : des flammes.

J'entends la foule avant de la voir. Laissant le parc dans mon dos, je prends à droite, et la Cinquième Avenue est coincée là entre les gratte-ciel, comme un père qui ne dort pas quand l'heure du couvre-feu qu'il t'a fixée est dépassée. Les mannequins Gucci et Prada se dévisagent depuis leurs panneaux publicitaires – deux femmes blanches prises au piège du temps à l'intérieur de ces visages photoshoppés et de leurs fringues empruntées. Je confonds l'attroupement qui s'est formé devant la vitrine de l'Apple Store avec les manifestants, avant d'entendre les tambours pas loin et de me rendre compte que ces gens font juste la queue en quête d'une façon plus onéreuse de lire l'heure. Histoire de se passer un peu plus de surveillance autour du poignet. Les tambours qui pulsent à quelques rues de là paraissent plus gros qu'ils ne le sont, colportant une langue plus ancienne et presque tombée dans l'oubli.

Lorsque j'arrive, je m'aperçois qu'en fait de manif, j'ai affaire à quelques dizaines d'énergumènes engoncés dans leur blouson noir au cœur de cette journée anormalement chaude à la fin de l'hiver. Deux personnes derrière un mégaphone tentent sur le ton du reproche d'inciter les consommateurs à se joindre à eux, suppliant les passants tout en ne leur bloquant pas la voie. Elles hurlent plus fort l'une que l'autre, pour faire de cette rue une sorte d'installation sonique atonale et dystopique. Je porte un sweat rouge sur lequel est marqué USA et je n'arrête pas de transpirer à l'intérieur de ce pays fraîchement repassé et molletonné à l'ironie. Impossible de ne pas sentir à quel point nous sommes petits au pied de tous ces immeubles, à côté de cet incessant trafic.

Un pigeon à la patte bousillée dessine, clopin-clopant, le signe lâche de l'infini sur le trottoir. Le soleil tombe pile sur la nuque de l'oiseau et nous offre au moins une chose précieuse qui ne soit pas sur le point de mourir.

La dernière fois que je vois Edwin, c'est pendant les vacances. Je suis dans mon ancienne rue, je fume une Camel Crush sous les lampadaires LED que le comté vient tout juste de faire installer ; toutes les ombres sont neuves et manquent de naturel, projetant d'étranges fractales sur le sol. Lors de ce retour annuel au bercail pour Thanksgiving, en fin de licence, tout paraît plus petit et ce, de la pire des façons. Mon père surgit tel un grillon de sable. Ma vieille chambre, un t-shirt en coton qui a rétréci.

Au moins Edwin a toujours son vieux pick-up, et j'entends la rouille siffler au coin de la rue avant de le voir se garer devant chez sa mère. Il sort en grimaçant et arbore une nouvelle cicatrice à la joue gauche, qui ressemble à une morsure ou à la coupe transversale d'une part de lasagnes. Il me fait un signe de tête, comme s'il essayait de se souvenir de comment je m'appelle. Je le regarde en direct échouer à me replacer dans une époque et un lieu précis.

Hé, me lance-t-il dans un hochement de tête, et je hoche en retour un *Salut,* tout en dissimulant le vernis argenté de mes ongles dans ma poche. *Comment ça va depuis le temps ?* je lui demande. *Ouaip,* il me répond. Avant de s'éloigner pour toujours. Je mords un bon coup et ma bouche est envahie de menthol.

1er degré (superficielle) :

À dix ans, pour faire la surprise à mes parents je tente de leur préparer le petit déjeuner. Gratte l'allumette en carton et regarde le gaz avaler la boîte entière, dessinant là sur la gazinière une fleur étrange qui prend vie. L'efflorescence déguise la peau de ma main droite en quelque chose de blanc et d'écumeux. Ce n'est que quelques instants plus tard que la douleur se fait sentir, comme une dizaine de corneilles qui s'engueuleraient pour savoir laquelle sortira de mon corps en premier. Je tente un cri mais seules les corneilles défilent dans ma bouche.

Papa m'emmène aux urgences, où une piqûre me plonge dans un morne silence de synthèse. Après la case pansements, la case infirmières et la case médicaments, il appelle ça une leçon. Me dit que cette douleur, ça veut dire que je ne le referai plus jamais. Je hoche la tête et les nombreuses corneilles opinent comme moi dans une stupéfaction silencieuse. On prend une glace, menthe et pépites de chocolat, mais seulement une fois qu'on a tous arrêté de pleurer.

2e degré (derme atteint) :

3e degré (hypoderme atteint) :

À la fac, nous allumons un feu avec de l'essence et tout un tas de conneries dans le bois aux abords du campus. C'est comme un sort que nous jetons, du moins c'est censé l'être. Nous rassemblons divers trucs piqués aux profs qu'on ne peut pas blairer, aux ex qui nous ont fait mal, tellement mal qu'on ne pourra plus jamais nous en faire, et c'est au gré de ce petit rituel qu'on termine l'année. Nous déclamons un chant qu'a trouvé Ericka sur un forum fréquenté par sa clique. Ericka est sorcière, du moins ille souhaite passer pour, et peut-être que ça suffit ; comment devenir « artiste » en disant tout simplement l'être. Ille porte une longue cape noire, un béret de velours noir, un trait d'eyeliner d'un bon centimètre d'épaisseur, et n'arrive pas à croire qu'aucun de nous n'ait songé à s'habiller comme il se doit. Nous sommes vêtus des mêmes fringues qu'arborent tous les étudiants en art dans les facs de taille moyenne, chemises récupérées dans les bennes des magasins locaux, leurs couleurs si vives qu'en plus de refiler la gerbe elles affichent pour nous notre désenchantement. Nous allumons le feu et le regardons se propager, d'abord un bâillement, puis une infection et enfin, une religion. Il faut l'intervention des pompiers de trois villes différentes pour l'éteindre. Trois chiens périssent dans les flammes. Une partie des bois ne repoussera jamais. Aucun de nous n'avoue les faits, mais nous portons tous ces chiens quelque part au fond de nous.

Immolation :

J'ai vingt-sept ans et je promène mon regard à travers un rideau de flammes. Vingt-sept ans et j'ai toujours froid. Allumette en feu dans l'obscurité de cette ville figée à mi-journée. J'ai vingt-sept ans et déambule lentement dans une ville que j'aime tant et dont j'attends qu'elle m'aime en retour, yeux rivés à ces gens qui se tournent vers moi, des expressions sur le visage que je n'ai jusqu'ici jamais vues, et qu'à jamais je serai incapable de nommer – non pas de l'horreur ni même une sorte de fascination, mais quelque chose de bien plus étrange et ancien.

Ericka : j'ai visité ce musée d'art et j'ai pensé à toi.

Ezra : Moi ?!? ☺

Ericka : y avait ce tableau dans la galerie du fond, c'était un petit garçon juif tt triste assis dans son coin avec son petit chapeau.

Ezra : La kippa ? Le shtreimel ? La kashket ?

Ericka : ouaip. et derrière lui y avait une table couverte de fruits et plein de monde, mais cette ptite bitch donnait l'impression que la fin du monde venait tt juste de se produire. c'était ouf ! son visage ressemblait grave au tien.

Ezra : Photos ou mytho.

Ericka : on aurait dit ariel la petite sirène, truc de OUF. comme si pour lui rien serait jamais assez. en mode bidules et breloques à fond.

Ezra : Cool. Au moins mon père est un dieu de la mer super sexy !... Attends, on se croirait en plein reading challenge, nan ?

Ericka : euh, oui et non, lol. les meufs tristes restent des meufs tristes peu importe quand on les peint. ni la quantité de fruits qu'on y met. je venais juste de penser que ça faisait super longtemps que je t'avais pas vu et d'un coup t'étais là, enfermé dans ce tableau.

Ezra : Ben figure-toi que moi aussi j'ai vu un truc aujourd'hui qui m'a fait penser à toi.

Ericka : ah oué ?

Ezra : Ouaip. J'ai vu un sac poubelle rempli de rats qui roulait tranquille sur le trottoir.

Ericka : ooooh tro chou.

Le truc m'échappe complètement, cette chèvre au carrefour de Union et Metropolitan Avenues. Bien sûr, des trucs chelous j'en ai vu, et des pires encore, depuis que je vis dans cette ville : les Juifs habad qui traînent à leurs basques un bonhomme de paille dans Myrtle Avenue tout en se lançant leurs insultes en yiddish, la femme qui vend les poupées de la taille d'un bébé tissées avec ses propres cheveux, l'appartement qui prend feu lors d'une orgie à Chelsea ayant rameuté pas mal de monde – les flammes qui lèchent le flanc de l'immeuble comme la perruque cheap d'un dieu dérangé. Mais cette chèvre, à la robe gris marbré et la petite barbiche blanche, est bêtement postée là sur le coin à mâchouiller ses herbes longues qui semblent se matérialiser dans sa gueule à chaque mâchonnement. Il est sept heures du mat' et les gens partent bosser sans même la remarquer. Un groupe de garçons passe en courant en direction du collège, gants de baseball traînant derrière eux comme de géantes mains de cuir. La plus vieille des serveuses, son maquillage sans âge qui se craquèle, fume sa clope devant cet horrible *diner* ouvert h-24, regard enfoui au loin, pas prête à se laisser emmerder par une chèvre.

Je m'arrête un court instant seulement ; les fentes jumelles de ses pupilles réfléchissent la circulation, piétons comme véhicules, que n'interrompt visiblement pas l'animal. Sans toutefois en avoir la certitude, j'ai bien l'impression que tous ces gens traversent son corps immobile. Moi je n'ai jamais voulu qu'une chose, me sentir à ma place quelque part, et tout ce que j'ai jamais ressenti, c'est à quel point je ne le suis pas quand on me voit. Et donc, c'est aussi dans cet esprit que je passe devant cette chèvre, comme si elle faisait naturellement partie du paysage ; moi aussi j'accepte ce que j'ai sous les yeux et ce qui doit arriver tandis que je descends les marches du métro. Je laisse le quartier dans mon dos, l'animal aussi, et l'appartement plutôt chic du vieux, avec sur le dos sa chemise française que j'ai piquée après avoir abandonné la mienne sur le sol de la salle de bains, jaunie aux aisselles et couverte des taches laissées par les poppers, sachant pertinemment que je n'aurai plus jamais à poser les yeux sur rien de tout ça.

Le week-end on s'enfile nos liqueurs de malt à l'arrière du pick-up bleu du beau-père d'Edwin. Derrière le Seven/Eleven quand il fait noir, tout est possible. Le « on », c'est toujours moi, Edwin, et toutes ces enflures qui ce soir-là décident de se joindre à nous. Je dis enflures mais ce que je veux dire par-là, c'est les mecs. Et quand je dis mec c'est pour désigner une sorte de mollusque, à coque dure mais à chair tendre à l'intérieur. La bière on l'a grâce aux faux d'Edwin – qui disent qu'il vient de l'Iowa, qu'il a vingt-neuf ans, et qui font cligner en douce sa moustache fraîchement poussée. Je paye avec mon argent de poche, même si lui en a plus que moi, et on s'assoit là pour picoler jusqu'à ce que quelqu'un appelle la police ou qu'on en ait marre.

Ces nuits sont interminables, les années fondues dans une portion d'asphalte, mêlées aux bouteilles d'Olde English fracassées dans des pluies de lumière, aux coups dans le vide à mesure que nos ombres projettent telles des lèvres tendues leurs formes gigantesques sous les lampadaires à sodium, tous les mêmes, dans ce parking. Et pendant tout ce temps, le sourire en coin d'Edwin comme si rien ne pouvait l'atteindre – à moins qu'il n'en décide autrement. Rictus timide, lèvre inférieure charnue, sourcils épais sous sa casquette bleu minuit des Yankees. La nuit dans mon lit, quand il n'y a plus que le plafond sombre pour me regarder, son visage continue de flotter là, étiré sur toute la surface de faux stuc, sa taille manquant de naturel, ses yeux tels deux faibles phares, sa bouche une portière de voiture qui s'ouvre comme pour dire : *Monte pédé, peu importe où on va, c'est moi qui conduis.*

Ma dernière année coïncide avec la disparition de l'*Helicoverpa confusa*, ou noctuelle confuse, de la surface de la terre. Dont l'ultime représentante était une célibataire endurcie vivant sous un banc en pierre du Calvary Cemetery, qu'on aperçoit fugacement depuis le Kosciuszko Bridge quand on quitte le Queens. La noctuelle n'a eu aucune descendance et préfère qu'on lui fiche la paix ; ainsi quand elle meurt, elle emporte avec elle tout son patrimoine génétique. Elle et moi sommes tous deux les derniers de notre famille. Cette année les infos concernant la météo sont mauvaises. Les infos sur l'irruption de maladies inédites chez certains oiseaux et moustiques. Cette année, je sous-loue de manière illégale un appartement situé au sous-sol d'un gigantesque immeuble datant d'avant la guerre, dans le Queens, à un type séparé du locataire initial par quatre autres sous-locataires, et je punaise sur le mur de placo des photos de tous mes amis – celles et ceux que j'ai perdus, celles et ceux que je ne connais pas encore. Quand ce ne sont pas des Polaroïd, ce sont des photos que j'imprime à partir d'une app qui prête aux images un air de vieux Polaroïd. Devant ma fenêtre il y a un panneau Citgo, dont je prétends qu'il s'agit d'une lune orange et bleu tournant sur elle-même. Tard la nuit, j'éteins toutes les lumières et lève les yeux sur les hommes qui se rassemblent sous cette lune pour se taxer des clopes, raconter des conneries, écouter la voix des uns et des autres, répondre dans la leur, et je ris avec eux de leurs blagues. Je fais de mon mieux pour sacrifier à ce rituel humain. Certaines nuits, je mêle mon propre humour à l'obscurité : Écoutez-ça les mecs. M. et Mme ont un fils : voilà c'est tout.

Dans un premier temps, villages et villes du passé reviennent tous dans d'uniques traits de fusain. Un contour, suivi d'une esquisse. À la fin du monde il y a... En fin de compte, le monde est crème comme du papier immaculé, puis les allées et les porches introduisent leurs nuances, les ombres s'infiltrent comme si la feuille de papier avait été posée sur quelque chose d'humide. Alors soudain : le brillant des couleurs, des couleurs auxquelles même Chagall ne songerait pas. Plus vraies que nature, hyper-réelles. Visages trop vifs, ciel férocement céruléen. J'ignore pourquoi nous envisageons toujours nos vieux pays dans des teintes sépia uniquement, lie-de-vin, tous nos ancêtres dans des couleurs étouffées, des couleurs de deuil alors que ce n'est pas vrai. Mon dieu, ce jupon au bordeaux si profond, ce tablier dans toute la brutalité du safran. Ce n'est qu'en posant les yeux sur tout ça, nous tous ensemble, emplis de vie à nouveau dans nos contours si nets, que je me rends compte que j'ai cessé de respirer.

Il y a, dans cette dernière manif avant ma dernière manif, une telle volonté de spectacle que ça me donne envie de vomir – la signalétique qui indique quoi prendre en photo, les vestes à trois cents dollars arborant leurs slogans politiques pré-cousus, ces chants qui abrutissent à force d'être répétés. Le problème vient peut-être du fait que je ne comprends que trop bien. Façon pour celles et ceux qui participent, et qu'un rien rassasie, de se donner bonne conscience. Le gâteau qu'on achète au supermarché pour la chorale. Nous sommes rassemblés devant l'une des nombreuses tours du président, une poignée de barricades ayant été pré-disposées pour nous faire défiler en rond à l'intérieur de leur périmètre. Nous hurlons au cœur de ces palissades closes tandis qu'autour de nous la circulation s'écoule librement, les affaires du monde continuant de se dérouler imperturbables quand nous, nous réclamons justice. Et nous avons beau répéter ces mêmes mots à l'envi, de toute évidence nous avons chacun et chacune une définition différente de ce que sont la justice, la liberté, le pouvoir. Moi tout ce que je sais avec certitude, c'est que n'importe quel mot finit par perdre tout son sens à force d'être répété.

Un groupe d'amis me demande de les prendre en photo. Ils se bidonnent, jusqu'à ce que l'objectif soit braqué sur eux et là, derrière leur pancarte, pour internet ils composent un visage sérieux, strict. Une des filles me complimente pour mon t-shirt anti-flics (acheté sur Amazon) mais pas pour mon maquillage (piqué chez Sephora). Il y a des caméras officielles qui nous surveillent. Ces caméras font office de police quand la police sirote son café gratos dans les voitures de patrouille.

Être ici, c'est être seul, entouré de plein de gens – observé et invisible à la fois. Durant ces deux heures, nous ne cessons de nous demander à quoi ressemble la démocratie, à qui appartiennent ces rues, et si c'est vrai que quand le peuple est uni, jamais il ne sera vaincu ? Les réponses en ce qui me concerne sont assez claires : pas à ça, pas à nous, et bien sûr que non. La manif se termine après ce qui ressemble à la durée d'un film, et tout le monde rentre chez soi en se sentant mieux – comme si nous avions fait quelque chose, comme si quelque chose avait été fait.

Moi je rentre chez moi la boule au ventre. Pour gerber mon Burger King dans les chiottes. Je vois sur Twitter que la manif fait parler d'elle, avant que la trend ne disparaisse.

C'est encore arrivé. Cette fois dans la petite épicerie de Grand Street. Je m'occupe de mes affaires, tâchant de naviguer dans ce dédale, entre les bacs de produits divers et les prunes en promo, esquivant les nouveaux pères qui n'arrivent pas à manœuvrer leur poussette et le caddie en même temps. Moi j'ai un panier rouge dont je balance la coque vide dans ma main gauche comme un petit pendule, un mini métronome susceptible de m'ancrer au milieu de ce chaos caractéristique de l'heure de pointe. Je voulais juste passer en vitesse pour trouver un petit truc qui m'aiderait à tenir le coup : du pain et du fromage, des pommes pré-emballées. Mais il y a tellement de monde que j'ai l'impression de m'être engagé à vivre ici et maintenant je crains qu'on me réclame un loyer. Je fais la queue à la caisse depuis ce qui paraît plusieurs éternités avant de l'apercevoir. *Idiot*, je me dis, *espèce d'idiot*, et je secoue la tête jusqu'à ce que le contour des fruits et légumes s'estompe pour former une peinture à l'huile. J'avance et trouve refuge dans mon téléphone pour ouvrir la grille de torses affamés, voir les vingt j'aime reçus d'un nouvel inconnu sur Instagram, déplacer des bonbons. Quand vient mon tour à la caisse, il est évident que l'hôte est et n'est pas Edwin – je vérifie et revérifie, cligne et recligne des yeux, et oui, le haut du nez est légèrement différent, et ces épais culs-de-bouteille qu'il porte lui grossissent les yeux, les faisant quasi ressembler à ceux d'un insecte. Il a encore une petite vingtaine d'années, ce qui bien sûr serait impossible après tout ce temps, sourire aux lèvres ; pas mort, quoi.

Dans une ville du nom de Zloknovia, dans ce qui aujourd'hui est Kaunas, naquit un bébé qui ne ressemblait en rien à ceux que la ville avait connus. Ses cheveux étaient aussi blancs qu'une feuille de papier vierge et contrastaient avec les traits sombres de son visage. Tout ce que cet enfant semblait faire, c'était manger. Comme c'est mignon, *ses parents s'étaient-ils d'abord dit.* Quel étrange enfant nous avons fait ! *C'est après que l'enfant eut tété, en quelques semaines à peine, tout le lait de sa mère qu'ils commencèrent à s'inquiéter. Avoir été aussi vite asséchée était un fardeau qui la faisait souffrir, aussi décidèrent-ils de passer à la nourriture solide que l'enfant se mit, également, à dévorer sans retenue. Cent figues écrasées par jour. Puis aux légumes-racines, une brouette de navets et de radis qu'il mâchouillait pour en tirer une pulpe affreuse. À deux mois, il avait déjà ruiné ses parents, qui se mirent à quémander dans les villages avoisinants quelques dons, que, conduit par son appétit, il réduisit à néant. Des chèvres commencèrent alors à disparaître des champs. Des familles entières de corneilles se volatilisaient dans le ciel. Lorsque le garçon eut un an, la région fut la proie d'une grande famine. Après s'être laissés mourir de faim pendant une année entière, ses parents, ne sachant plus que faire, envoyèrent leur garçon en Amérique, à bord d'un bateau. Y arriva-t-il jamais ? Nul ne le sait avec certitude.*

Même la plus directe des lignées familiales se divise comme un arbre au vaste réseau de racines souterraines. L'organisme vivant d'un faux-tremble de l'Utah, par exemple, s'étend sur une quarantaine d'hectares. Chaque tronc représente une vie entière. On peut passer le doigt sur les racines enchevêtrées et traverser des mondes à part. La plupart des histoires qui se racontent du côté de mon père s'arrêtent cinquante ans plus tôt avec un ivrogne, alors il invente d'autres récits ancestraux plus anciens et bizarres. Mais si on fait bêtement le compte, remonter quatre générations exige déjà l'existence de seize personnes différentes, qui ont souffert, qui ont ri, qui ont fait l'amour à partir de rien. Elles ont fui la Russie, la Pologne, le Yémen, la Lituanie, et à l'époque elles étaient trente-deux. Au moins sur le papier, lorsque nous sommes sortis d'Égypte, on aurait dû être des dizaines de millions, mais la consanguinité et le génocide viennent mettre un bâton dans les roues de ce genre de mathématiques. Si on se fie au témoignage biblique, qui doit toujours être pris au pied de la lettre, ce sont 603 550 Juifs qui ont fui pour aller errer dans le désert ; or, à moins d'un miracle, il est impossible que ce désert puisse assurer la subsistance d'autant de vies. Mais c'est quoi la vie, sinon ? Au-delà du sang, qu'est-ce qui nous relie ? Parfois le miracle n'est qu'un autre nom qu'on donne précisément à ce qui déjà existe. Ainsi, villages et villes sont autant d'arbres et s'ils sont nombreux à avoir disparu, abattus par le temps et le feu, leurs racines se sont étendues à travers tout le Yiddishland, la Palestine, l'Égypte, la France, le Brésil, l'Argentine et jusqu'ici, en Amérique.

Quand je meurs enfin, mon xylème s'inonde de toutes ces histoires en même temps et j'en suis tellement rempli que j'éclate en écriture, en sueur, en quatre saisons uniques.

Je porte un sweat sur lequel est écrit USA. Il est rouge, et le texte qui s'étend sur la poitrine est bleu et blanc. Je l'achète à un marchand de rue, et même s'il ne coûte que 9,95 $, je lui offre tout le contenu de mon portefeuille. Je hoche la tête de haut en bas pour répondre à son air surpris. Je déboutonne la chemise volée à cet homme, une chemise hors de prix aux élégants poignets mousquetaires, et je me tiens là un instant, torse nu dans la rue. Ça ne fait tiquer personne. J'essaie de plier le vêtement proprement mais le vent n'arrête pas de se prendre dedans, alors je me contente de le poser sur le couvercle d'une poubelle au cas où quelqu'un en voudrait. Je regarde la chemise enfler et se vider, comme si une enfilade de fantômes passait à l'intérieur pour en ressortir aussitôt. Nous sommes au mois de février et il fait une chaleur terrible. Central Park dégorge de familles comme un filet rempli d'une espèce de poissons aux écailles irisées. La lumière est lumineuse mais pas assez encore. Je lève le sweat au-dessus de ma tête et enfile les bras comme on habillerait un enfant. L'espace d'un instant, j'ai la tête entièrement sous ce vêtement bon marché, et j'ai presque l'impression d'habiter un monde différent – un endroit où rien n'est blessé, rien qu'une tête passant lentement dans son portail de tissu rouge –, et peut-être que de l'autre côté c'est un pays sûr et ordonné que nous allons trouver, aussi parfaitement formé qu'un œuf. Mais quand ma tête émerge de l'orifice, que mes bras glissent hors des manches, je suis toujours ici. Dans Midtown, avec cette multitude de poissons à deux jambes qui déambulent autour de moi, regard aspiré par leur téléphone. Des touristes qui commandent des hotdogs et se prennent en selfie devant le Bergdorf Goodman. Des gens en sportswear qui aboient dans leurs casques émettant la même lumière bleue qu'un poisson-phare. Les boutiques s'enrichissent à mesure que le monde brûle, à vendre leur rien hors de prix : lustres en cristal Swarovski, ordinateurs en guise de montres de poignée, chapeaux haute couture en cuir de porc. J'entends les tambours pas très loin. Je sens les secousses et le clapotement de l'accélérant au fond de mon sac.

Certaines nuits, avant de dormir, Papa me fait la lecture. Quand les histoires ne sortent pas de sa propre imagination, des contes improvisés provenant de pays inventés où les garçons tombent au fond d'un puits ou mangent le ciel, il se rabat toujours sur un recueil de poèmes. Cavafy peut-être, ou alors Dickinson, Brooks, Hall, voire Hughes. Il a fait des études de lettres, est capable de me réciter des bouquins entiers quasiment par cœur. Ses préférés ces jours-ci sont ceux écrits par des hommes quittés par leur épouse un peu à la manière dont Maman est partie, dit-il, à cause d'*une faille dans la mécanique*. Des épouses toujours plus belles et talentueuses que les maris qui continuent de vivre pour les pleurer dans leurs lettres. Un de ces livres, écrit par Hughes, suit un corbeau dans toute sa mythologie incroyablement sombre. Un autre de Hall sanglote à jamais dans une chambre d'hôpital. Un autre encore de Gilbert tire sur un cheveu de la défunte, abandonné au pied d'une plante d'intérieur. Ces livres sont affreux tant ils sont lacunaires. Papa dit que les écrire était une façon pour ces hommes de surmonter tout ce chagrin et qu'on a tous besoin de quelque chose comme ça, où déverser nos tristesses. Nos petits livres à nous, nos boîtes ou nos piafs. *Nous n'avons pas encore trouvé les nôtres*, dit-il, *mais il faut continuer de chercher.* On n'écrit pas un livre pour remplacer une mère, mais pour combler son absence. Je ne suis pas sûr de comprendre ce qu'il veut dire, elle n'est pas morte comme toutes ces autres femmes, elle, elle est juste partie après avoir choisi quelque chose de différent. Mais bon, faut dire aussi que je ne comprends pas non plus ce que veulent dire ces poèmes, j'adore juste l'étrangeté de leur langue, cette façon qu'ils ont de défier le sens et de tourbillonner là dans l'air qui nous sépare, dans un plaisir noir, à mesure qu'il les lit :

pas d'opéra, ni de liturgie, pas de secours

et

dans le monde de cette voiture /
en feu subsiste le langage

et

tous les oiseaux plient les yeux et les ailes
devant dieu soudain

et

laisse-moi manger et ainsi devenir / lumière

Peu après le départ de maman, Papa se met à m'appeler Boychick. Le nom colle à moi comme un nom. Comme des plumes à un nom.

J'imagine que les principaux médias feront de leur mieux pour supprimer toute image de moi. Sauf qu'évidemment, chaque Américain aujourd'hui a des petits yeux qui traînent dans sa poche. Des petits yeux capables d'enregistrer, ou de capturer un moment précis, et de le mettre ensuite sur le cloud où immédiatement il se propage tel un champignon carnivore.

Au début, chaque plateforme des divers réseaux sociaux supprimera la vidéo, revendiquant la nécessité de protéger les plus jeunes. Ensuite on l'accompagnera d'une mise en garde. Et puis il n'y aura plus la moindre barrière. Et alors tout le monde s'en fichera éperdument.

Quand seront publiées les premières images dans le *New York Post*, je ressemblerai à une scène de film – un personnage de cinéma à qui on met le feu. Comme si j'étais équipé de vêtements de protection, comme si j'avais une doublure, payée pour sourire tout en se faisant bouffer tout cru.

Papa vient aux chapeau et manteau noirs assez tard dans sa vie. La transformation est lente – comme une fougère sauvage qu'on regarde s'adapter à son nouveau petit pot étriqué, les racines devant s'enrouler sur elles-mêmes, les feuilles qui jaunissent et réclament plus de lumière. Quand maman était encore là, il n'avait jamais ressenti le besoin de ce Dieu de l'Ancien Testament conforme à l'idée qu'on s'en fait. Ni le besoin de se déguiser comme un Lituanien sorti tout droit de son shtetl dans un cosplay ; il portait juste des vêtements de papa normal, racontait des blagues de papa normal, faisait son boulot de papa normal au lycée John Jay où il enseignait les lettres. Ses parents détestaient ces coins arriérés d'où ils venaient et ne se gênaient pas pour le faire savoir, descendant leur cocktail d'un air dédaigneux ; ou en levant les yeux au ciel à la moindre mention de la Russie ou de la Roumanie. La synagogue n'avait pour eux aucun intérêt hormis la tenue qu'ils allaient devoir porter deux ou trois fois dans l'année, hormis les rumeurs croustillantes qui accompagnaient toujours la piquette.

Papa non plus n'y voyait aucune utilité ; du moins jusqu'à ce qu'il change d'avis. Bien avant qu'il se décide à s'installer avec ces types dans ce bâtiment complexe qu'ils nomment shul, quand on se rendait au temple le spectacle auquel on assistait nous faisait bien rire. Je prenais un siddour et en feuilletais les pages à l'épaisseur de paupières translucides tandis que le culte battait son plein autour de nous, le chantre déclamant sa prière aussi austère que déprimante censée célébrer, je ne sais trop comment, la sensation qu'on éprouve à être en vie. Je pointais le doigt sur une partie délaissée de cet alphabet quasi illisible, et nous la traduisions, chuchotant à l'oreille l'un de l'autre ce que ça aurait pu vouloir dire :

Combien de coups de langue faut-il pour atteindre le centre de la terre ?

Abraham lui non plus n'a aucune idée de pourquoi cet office est si long sérieux

Tous les chats possèdent en réalité des humains domestiques.

Le magasin de glaces est ouvert jusque 20 h seulement –

Amen

Les commentaires accompagnant la vidéo sur le site du *Post* disent :

La vaaaache quelle image

Pas vraiment le genre de trucs qu'on a envie de voir pour bien démarrer sa journée. Quelle tristesse.

De toute évidence un individu instable. Quelle façon de partir (emoji flamme)

Je me demande s'il s'est fait incinérer… ? (trop tôt) ?_

Nuances de 1968

Un homme de convictions

Vidéos de la torche humaine de marvel.

Un taré de moins.

OK les gauchistes voici votre nouveau défi, z'êtes prêts ?

RIP Torche Humaine

Se chauffer à blanc résout pas les problèmes.

Bah comme on dit toujours, « faites un feu et vous aurez chaud une journée. Jetez-vous dedans et vous aurez chaud pour le restant de vos jours ».

Il devait crouler sous les dettes de son prêt étudiant et ne pas trouver de boulot pour l'aider à rembourser son diplôme *ès* « le genre est une construction sociale »

Il avait l'air assez fumasse le mec

T'enflamme pas. (gif joint)

Et qui va payer les frais médicaux ? Ce paumé c'est sûr qu'il avait pas de mutuelle.

Petite allumette fragile partie trop tôt. Ça nous fera un dérangé en moins dans les rues de la ville.

Retirez cette image. Vous avez pas honte ? Pensez à sa famille ptn. Vous feriez n'importe quoi pour vendre ce foutu journal.

Darwin qui sort les poubelles.}

J'espère que le trottoir n'a rien

Edwin débarque avec un peu d'herbe. Il a beau habiter à trois immeubles d'ici, c'est la première fois qu'il passe à l'appart ou qu'il exprime la moindre envie de glandouiller avec moi. Papa est déjà parti se coucher, comme toujours quand il en est à la moitié de sa troisième vodka. Edwin me dit qu'il sera flic plus tard, et je le crois. On fume à l'aide d'une canette de coca qu'on a froissée et éventrée.

Je ne sais pas trop ce qu'il est venu faire. Il s'est toujours foutu de moi au lycée, lui et les autres, se moque de mes épaules, de ma façon de marcher, à la fois comme une tapette et bossu. Papa a commis l'erreur, une fois, de m'appeler *boychick* en me déposant au bahut. Boy-chiquemolle ils m'appellent maintenant dans mon dos, dos à moi, et à leur façon de m'appeler je deviens ce nom à contrecœur. Mais récemment Edwin s'est mis à m'envoyer des messages sur AIM. Me demande si je veux qu'on traîne ensemble. Comme n'importe quel élève de troisième, j'ai vraiment envie d'un groupe de potes avec qui c'est facile de ne rien dire. Qui peuvent ne rien glander ensemble et pour qui ce serait une façon gratifiante de tuer le temps.

On exhale la fumée par la fenêtre de ma chambre. Ça ne ressemble à pas grand-chose de ce que j'ai pu connaître jusque-là – être défoncé. Une sorte d'interface qui descend pour brouiller le monde, comme un pinceau, comme un pinceau rigolard. On mate la petite télé dans ma chambre, un truc où des mecs font exprès de se faire mal en répétant toujours les mêmes cascades débiles. Un tatoué à la pilosité faciale cheloue se jette du haut d'un escalier et Edwin se fend la poire, alors je me fends la poire avec lui. Un mec aux yeux bandés se prend un mur de briques au volant d'une voiture de golf, et tous les deux on se marre de plus belle.

Je vois se dessiner ses contours sous son pantalon. Son corps frotte contre ses vêtements comme s'il n'avait pas le moindre respect pour leur utilité. Comme ça sans prévenir, il me dit *tu peux me sucer si tu veux.* Et ce n'est qu'à ce moment-là que je réalise que j'étais en train de mater. Pas un truc auquel jusque-là j'avais pensé précisément en ces termes ; c'est juste que mon corps était aimanté, comme un rideau qu'on tire ou une arme qu'on sort. Un bain qu'on fait couler, un cercle qu'on dessine. Mais quand il me le propose, c'est un nouveau monde qui subitement se met en place, les histoires dans ma tête prenant chair soudain. Et avant même que je puisse poser des mots là-dessus, il se présente à moi par-dessus la ceinture grise de son jogging, et une odeur de baskets, comme la sueur au fond des baskets, inonde mes sens les plus souterrains. C'est la première fois qu'en dehors des vestiaires, et exception faite de la mienne, j'en vois une, plus large et dotée d'une tache de naissance en forme d'apostrophe juste en dessous de l'énorme gland. Le goût initial de la cortisone, suivi d'un arrière-goût cuivré tandis que je le prends lentement entre mes lèvres. Je l'avale aussi loin que possible en un seul geste fluide ; et quand bien même je commence à m'étouffer, la sensation est la même que quand on rentre chez soi après avoir passé la journée dehors. Il me tient le haut du crâne, ne me laisse pas me relever et pourtant ses mains dans mes cheveux demeurent douces. Je sens mon corps réapprendre à respirer tout seul.

Il ne jouit pas. Dit qu'il ne veut pas finir dans ma bouche. Mais la prochaine fois peut-être, si j'ai de la chance. Je crève d'envie de l'avoir, cette chance. Je me demande quel effet ça fait de voir un corps-tout-entier se mettre à trembler et convulser sous moi comme un sac rempli d'oiseaux – *beurk*, non –, plutôt comme un garçon qui se répand en lumière – *mieux*. Je ne me suis jamais senti aussi seul ni aussi en vie.

Salut Boy-chiquemolle, dit-il en se faufilant par la fenêtre, *Je repasserai peut-être un de ces quatre.*

Ma respiration se coince dans ma poitrine, comme une porte au bout d'une chaîne. *Salut,* je réponds à la fenêtre vide du premier étage qui désormais n'encadre plus que la nuit, un lampadaire, et quelques branches.

C'est le mythe que je préfère sur l'amour – quoiqu'évidemment je n'y croie pas une seule seconde. Ce en quoi je crois vraiment, ce que je sais, c'est que l'amour est une condition évolutionnaire, une série d'hormones produites dans le cerveau qui de manière illusoire conduit une personne à se bâtir une vie et un réseau pour l'aider à propager sa ligne génétique. Mais le mythe que je préfère, moi, est celui-ci : Au commencement, deux personnes étaient dans un jardin. Elles n'avaient ni genre ni dieu. Passaient leurs journées à se prélasser et à manger des fruits cueillis à même les arbres, et en dehors de ça il ne se passait pas grand-chose – le monde se résumait à ça et elles ne furent chassées de nulle part. Elles ne se montrèrent jamais cruelles l'une envers l'autre, et jamais ne mentaient. Elles se contentaient plutôt de vivre leur vie au sein de leur parfait écosystème, et tout ce bordel dans lequel on vit maintenant est le fruit d'un autre jardin qui en réalité était plutôt une prison où les gens avaient pour tâche de nommer tous les animaux.

Je suis à moitié conscient tandis qu'on se dépêche de me conduire à l'hôpital, l'ambulance se frayant un chemin au milieu de la manif comme un requin se déplace entre des îles mouvantes de détritus et de plastique. Tout ce temps où je flotte au-dessus de moi-même, je ne peux pas vraiment parler de douleur – ça ressemble davantage à un million de langues astringentes qui se promènent lentement sur ma poitrine et finissent par l'entailler dans une chaleur froide. Chair, cheveux et plastique brûlés recouvrent l'odeur d'essence. Une perfusion plonge dans mon bras pour y pomper quelque chose de clair et gelé. Le secouriste est pas mal dans son genre, teint pâle et crâne rasé ; il me tient la main derrière une fine couche de latex et me chuchote à l'envi « Ça va aller, fiston – ça va aller tu vas voir », à ceci près que ses yeux sont noirs et vides comme un puits au fond duquel un garçon est pris au piège.

Je ferme les yeux pour les rouvrir sur un pays neuf. Le temps est comme toujours assez confus et moi je suis planté en son milieu. Quelque part, une petite synagogue. Aux murs décorés et bien entretenus. Le vitrail dépeint une scène parmi tant d'autres, un homme se préparant au sacrifice de son enfant, un homme intimement aux prises avec un ange, un monde lentement gagné par les eaux, presque toujours un homme. Tout le monde a pris place face à l'Aron Kodesh, où est postée une silhouette vêtue d'une cape et fraîchement baignée, qui lit une page d'un livre. Tout le monde porte des habits cousus main. Les vêtements des uns et des autres sont de ceux auxquels les gens tiennent, qu'ils lavent et reprisent avant de les transmettre à leurs enfants. Chaque fois que je cligne des yeux : une nouvelle synagogue. Dans chacune d'elles un homme en robe parle obscurément. Les fidèles répondent en yiddish, ou alors en russe, en polonais, voire en français. Puis toujours la même prière, les fidèles qui récitent le kaddish. Chaque syllabe enchagrinée s'élève de la poussière et pointe vers le ciel, sans un mot sur la mort. Je cligne des yeux et une plainte se fait entendre à l'extérieur du bâtiment. Cligne et une brique ouvre le vitrail. Puis une autre brique. Et alors c'est la nuit qui se déverse.

L'année où les températures brisent tous les records, nous allons aux manifs de janvier en short et t-shirt. L'année des émeutes au sujet de l'opéra. L'année où la chaîne de montage est inventée, nous jetons des bouteilles sur la capitale. L'année où l'hiver est si froid, nous nous disons que le temps a lui-même ralenti rien que pour nous faire chier. L'année où j'ai mon premier téléphone, n'ayant personne à appeler, je passe des heures à faire s'étirer un serpent aux quatre coins de l'écran jaune foncé. L'année où ils ressortent le coca en bouteilles. L'année de mon premier verre, et je sens s'allumer en moi une petite lumière. L'année où nous entassons des choux dans des wagons et prions tête penchée sur notre soupe. L'année où les publicitaires essaient de vendre du porc aux Juifs. L'année où pour la première fois je vis seul et me rends compte que tous mes meubles me survivront. L'année où des soldats s'assoient à notre table pour manger et refusent de partir. L'année où nous fuyons la ville. L'année où nous fuyons une autre ville. L'année où, bossant dans une librairie, je visite une dizaine d'apparts, tous différents, pour y récolter ce qu'il reste de la bibliothèque de la personne qui vient tout juste de décéder. L'année où nous croyons qu'il n'y a pas d'issue, jusqu'à ce qu'on en découvre une.

Clairement, le sentiment d'appartenance prend naissance quelque part au niveau du ventre, quoique ses sources soient fuyantes et impossibles à localiser. Être reconnu par celles et ceux dans votre entourage est un bon premier pas. La barista aux écarteurs énormes et au tatouage de Steve Urkel sur l'avant-bras, qui connaît mon nom et m'offre de temps à autre un café. Le café que je ne paye pas. La vieille dame de mon immeuble, vivant là apparemment depuis sa construction en 1923, qui finit par admettre mon existence d'un petit mouvement de tête, qui ne réclame ni ne désire aucune sorte de réponse. Clairement, le sentiment d'appartenance a quelque chose à voir avec les autres. Être vu, par celles et ceux qui vous entourent, comme faisant partie attendue du paysage. Ou est-ce une question de comparaison – être vu comme méritant davantage cette reconnaissance que n'importe quelle autre de ces personnes qui ne font que passer ? Le mouvement de tête, le café, le trottoir qui accueille vos pieds. Être accueilli dans un endroit, s'entendre dire par une centaine de petites voix – humaines, animales, architecturales – qu'on est à sa place. Être poussé à en devenir conscient. Être poussé à porter cette conscience. Il me faut plusieurs mois avant de remarquer les anges de pierre sur la façade de mon immeuble, et plusieurs encore avant que j'apprenne qu'il s'agissait jadis d'un foyer pour filles à problèmes. Des filles comme moi. Combien sommes-nous à avoir les yeux évidés de ces anges vus, à marcher en rond, dans l'attente qu'on nous fasse entrer, dans l'espoir d'un truc à manger ?

Pendant une courte période après avoir débarqué à New York, je crèche avec une bande de punks dans un squat face à l'arrêt DeKalb, et un corgi qui n'a rien à secouer de personne. Deleuze a douze ans, aucune attache, est aussi ronchon que tout ce qui vit assez longtemps pour le devenir. Il a toujours le poil dégueulasse et poisseux, et il ne fait que traîner sur le sol de la cuisine tel le membre consanguin d'une famille royale, qui infoutu de mettre la patte sur la moindre circonstance justifiant sa dépression, se contente de grogner dès que quelqu'un passe devant son museau. Ennui, dit-on pour les humains ; pour les chiens personne ne parle toutefois de chiennui. Clairement, des tas de gens sont entrés dans sa vie pour en ressortir aussitôt, et il ne peut se préoccuper que de celles et ceux qui lui donnent le plus régulièrement à bouffer.

Cinq mois, c'est le temps que je passe là, dans une petite pièce près de la cuisine, un ancien garde-manger dans lequel il n'y a de place que pour précisément un matelas une place et une commode étroite. Je peins les murs en violet en m'imaginant que ça pourrait éclairer un peu la pièce et la rendre un peu plus gay, mais en fin de compte l'endroit ressemble davantage à un cercueil. À toute heure de la nuit, j'entends des gens qui chantent fort et faux dans la cuisine, accompagnés d'accordéons, de mandolines et de casseroles sur le cul desquelles on tambourine. De l'autre côté, ce sont les poivrots qui gueulent à ma fenêtre devant le bar pour régler un truc aussi urgent que sordide. Il aura fallu que j'attende la nuit où le chien, après être sorti et rentré tard, me prête pour la première fois son attention et s'élance depuis le carrelage froid, hisse son corps et s'avance pataudement vers moi pour venir frotter sa grosse tête dégueulasse contre la paume de ma main, pour me rendre compte, de façon quasi pathologique, que je n'attendais que ça.

Et qu'il est temps, aussi, de mettre les voiles soudain.

Le sentiment d'appartenance, comme n'importe quelle autre émotion, est un état d'esprit inaccessible et fugace. Le mirage et l'horizon – ces choses s'évaporent dès que vous vous y installez. Fondées sur un millier de micro-facteurs qui flottent dans votre champ de vision pour disparaître à votre approche. Ce qui change dans la lumière des réverbères. Peut-être sommes-nous à jamais coincés à l'état de désir. Que c'est ce qui nous unit. Notre seul pays, ces états unis du désir éprouvé pour ce que nous n'avons pas.

Je suis issu d'une longue lignée de lâches. Non pas que j'en viendrais jamais à dire un truc pareil à voix haute, ni tout seul ni en présence de quiconque. Mais ce n'est pas ce qu'on dit dans ma famille ; dans ma famille ce qu'on dit, c'est « Nous avons eu le courage de partir », ou alors « Nous avons eu la prévoyance de fuir » l'une des nombreuses apocalypses toutes proches. Combien de villes avons-nous dû laisser derrière nous afin de pouvoir prolonger cette survie ? Combien de frères et de sœurs ?

Bien sûr, l'appartenance renvoie aussi à tout ce sur quoi vous pouvez mettre la main avant de le charrier avec vous quand vous quittez la seule ville que vous ayez jamais connue ou celle que vous appreniez tout juste à appeler chez vous. Dont vous avez appris la langue comme si c'était la vôtre. Et à chaque fois, ce que vous choisissez d'emmener devient votre seul pays.

Bien avant que ça devienne à la mode, avant même qu'on puisse les acheter en ligne, déjà tout faits dans leur emballage au soyeux stylé, je gardais un *sac prêt-à-partir*, rangé au fond de mon placard derrière ma vieille paire de baskets. Dans le mien toujours : des vêtements de rechange, quelques conserves de haricots et de légumes, de l'eau, mon passeport, un peu de liquide, une photo de mes parents le jour de leur mariage (celle où ni l'un ni l'autre ne regardent l'appareil, avec la tache de moutarde sur la chemise de mon père qui n'annonçait rien de bon), et le livre dont je me dis que je ne pourrai vivre sans, et qui une fois par an environ, est troqué contre un autre roman, qui devrait vous dire tout ce que vous avez besoin de savoir sur l'appartenance.

Peut-être que c'est ça que ça veut dire, appartenir à une ville : que si elle pouvait fuir – je parle de la ville –, vous feriez partie de ces choses qu'elle saisirait dans la nuit et emporterait avec elle, afin qu'elle puisse se rappeler son nom.

ERICKA : t là ?

EZRA : Mouais

ERICKA : je me disais c'est triste quand même, toutes ces conneries qui vont finir dans nos archives.

EZRA : Nos quoi ?

ERICKA : nos archives.

EZRA : Hein ?

ERICKA : tu sais... comme toutes les archives, qui sont remplies avec genre des cahiers et je sais pas moi des pulls et des machines à écrire, tout ça quoi ?

EZRA : Jsp, j'en ai jamais vu.

ERICKA : bah si, je te le dis. j'en ai justement visité une ici à londres avec tous les papiers de john latham

EZRA : *google rapido* Omg j'adore ce ptit salaud.

ERICKA : oué. c'est rempli de lettres et de notes que qqn a pensé à conserver et de quelques-unes de ses fringues et tout un tas de trucs.

EZRA : Moi si jamais je vais à un truc comme ça je vais toutes les bouffer ces lettres.

ERICKA : et t'irais en TAULE.

EZRA : Ouais mais au moins je serais rempli de secrets.

ERICKA : brrreffff, je me disais juste que c'était vachement triste. que quand on sera morts, y aura rien que toutes ces conneries.

EZRA : Nos sms ?

ERICKA : oué, c'est ça notre correspondance que les étudiants liront dans nos archives.

EZRA : Omg, je vais brûler mon phone moi.

ERICKA : tout est déjà dans le cloud. on est foutus. je suis en bad depuis, ça m'a fait penser à toi.

EZRA : Choupi. Tu vx qu'on s'écrive des lettres ?

ERICKA : beurk. sûrement pas.

EZRA : Tu penses que les gens auront envie de lire des trucs sur nous après notre mort ?

ERICKA : sur moi oui. tu peux être dans mon archive si tu vx.

EZRA : Génial. Content de savoir que je serai quelque part quand tout ça sera fini.

La fin de l'automne arrive telle une montre froide et morte, les arbres ôtant lentement leurs couleurs vives. Je suis dans mon ancienne chambre chez mon père. Ça fait seulement deux ans que je suis à la fac mais déjà j'ai l'impression d'être une tout autre bitch. Je me mets du fard à paupières sombre que j'étale mal et je change de pronom à chaque fois qu'on me pose la question. Je dors sur le canapé de ce qui est désormais son « bureau », dont il se sert en gros uniquement comme débarras depuis qu'il a pris sa retraite, ou qu'on l'a viré, ou j'en sais rien, de son poste d'enseignant. Il a fait de cet endroit un capharnaüm hallucinant. Des piles de saloperies s'élevant en colonnes ioniques. Des trucs liés à la culture juive la plupart du temps, des livres poussiéreux écrits dans des langues mortes ou ressuscitées, des cornes de bélier polies dans des vitrines, un cadre avec la ketouba de mes parents sur fond violet imitation velours, raturée d'un énorme X au marqueur rouge.

J'ouvre mon téléphone et fais défiler les hommes de cette petite ville, les hommes de petite ville, dans l'espoir de reconnaître quelqu'un du lycée, un caïd qui se serait quelque peu adouci ou attristé avec les années. Mais tout le monde, semble-t-il, a soit un coucher de soleil soit une photo d'abdos en guise de profil. Abdos ou couchers de soleil – n'y a que ça dans cette petite ville. C'est le milieu de l'après-midi et la pièce est remplie d'une lumière froide et dorée. Mon père est quelque part avec ses nouveaux amis chelous, assis autour d'une bouteille remplie d'un liquide sombre. Ces types m'inquiètent. Sont tous moches et dévots. Parlent en messages codés et se laissent pousser de longues barbes qui puent les gants de vieux pêcheurs, mais au moins il a des potes.

J'entre en contact avec les couchers de soleil sur mon téléphone, avec les tablettes de chocolat, plein d'espoir. *Ça va ? Sexy le crépuscule. Tu cherches ?* Mais personne ne me répond ; des couchers de soleil, rien d'autre. Puis, alors que je commence à piquer du nez, une notif d'*En cours de vérification* : une image d'arbre – j'ignore quelle espèce, un genre de conifère, un truc persistant, qui refuse de perdre ses feuilles, une photo libre de droits. Idem pour le profil, vide lui aussi. Pas de mention d'âge. Pas d'occupation. Juste une distance. *Ça dit quoi Boy-chiquemolle*, dit le message, *welcome back*.

Ça fait trois ans que je vis ici et je n'ai toujours pas d'amis *irl*. Peut-être que c'est dans la nature même de cette ville ? Je participe à des réunions pour tenter de faire sens d'un monde sur le point de mourir. Ça fait mauvais mélo, je sais, mais bon – quelle que soit la réunion, j'y vais. Un éventail arc-en-ciel est fixé au frigo avec tout le programme, sous un magnet en forme de terre ronde aplatie vue de l'espace. Le centre de ressources LGBT organise les plus intéressantes le plus fréquemment. Il est hébergé dans une église retapée du westside. Pile sur le coin se trouve une pharmacie nichée derrière la façade sculptée d'une ancienne banque. Tout dans cette ville semble construit ainsi, réaffecté dans le corps d'un autre truc jadis aimé ou dans lequel on venait prier. Un bernard-l'ermite traînant son corps dévasté de maison en maison. Le spectre des réunions est dingue, et j'apprends à faire le fantôme en cercle. À sourire et projeter une agréabilité de surface. Je rejoins des sous-comités et des groupes de personnes avec les mêmes centres d'intérêt mais suis indisponible dès qu'il s'agit de se retrouver en chair et en os. Il y a des organisations ouvertement politiques, des groupes religieux queer ou trans, des sessions sur les addictions, des cours de langue, des clubs de lecture où je fais semblant d'avoir lu le bouquin. J'ai appris à dire des choses comme : *L'arc narratif principal tend vers* {   }, *l'aspect fragmentaire du récit nous laisse penser que* {   }, *le narrateur non fiable et pas très sympathique nous dit que* {   }. Quelque chose, à l'idée de me retrouver entouré de gens dévoués et œuvrant désespérément en vue d'un truc ou l'autre, n'importe quoi, me fait dire que ça va aller, et que si ça ne va pas, que c'est, je ne sais pas moi, quelque chose de supportable, et si pas supportable, eh bien au moins un truc qu'on traversera tous ensemble. Je leur dois donc la vie, à ces gens. Ce qu'il reste de ma vie, c'est à eux que je le dois.

Je vais aux manifs seul et je repars seul. Je ne sais pas comment me présenter à quiconque en dehors de signer leurs pétitions. Je n'arrive même pas à me résoudre à chanter leurs slogans. Quand je le fais, tout ce que j'entends c'est le son de ma voix, ma voix seule à côté de toutes les autres. Me voici en train de chanter avec la radio quand le reste du monde est, je ne sais trop comment, à l'intérieur de la radio pour chanter ensemble.

Quand papa m'envoie le lien YouTube, je pense tout de suite à une blague. Je ne l'ai pas revu depuis que j'ai emménagé à New York. Pas depuis que je suis venu brièvement récupérer chez lui après avoir passé quatre jours à l'hôpital dans la ville où j'étudiais. C'est à peine si je reconnais l'homme dans cette petite boîte blanche, avec sa barbe foncée et ses lunettes de soleil, ses vaines tentatives de yiddish. C'est tout juste si je reconnais sa voix à ce stade, comme s'il était arrivé dans ce pays après avoir traversé, à bord d'un bateau merdique, le voile déchiqueté de l'histoire. Mon père ne parle pas un mot de yiddish, son accent du Queens bien comme il faut étant dorénavant simplement ponctué de sonorités étrangères gutturales et forcées. Plus étrange encore, cette partie de la vidéo après cinq minutes de sermon, passées à citer Maïmonide et Madonna (dans sa période kabbaliste), où il est désormais apparent qu'il a un truc à vendre, et le nom – *Les eaux miraculeuses Z'Rebs : 26 dollars la fiole, pour attirer les bonnes nouvelles dans votre vie* – flotte là, tout pixelisé, au-dessus de son visage qui parle. Pas facile à retenir – pourrait profiter d'un petit *rebranding*. Pendant qu'il chante les vertus de son produit saint, du texte fait défiler à l'écran les divers usages de cette eau : lave vos mains, se met dans vos cheveux, arrose vos plantes, nettoie vos animaux de compagnie, vous rapproche de Dieu, purifie votre Neshama, etc. etc. Je l'appelle illico et il décroche à la première sonnerie.

Putain papa, c'est quoi ces conneries ?

Il m'explique que sa *shul* a découvert une source dans les bois près de leur nouveau bâtiment, et il a été décidé qu'il serait le mieux à même de leur servir de porte-parole. Son expérience dans l'enseignement, tout ça. Il me dit que c'est un immense honneur.

Et depuis quand t'es devenu rabbin putain ?

Je n'ai jamais dit que j'étais Rabbin et puis d'abord, c'est quoi un Rabbin ? Qui décide de ça, hein ? Toi ?!

Je l'entends ronchonner à l'autre bout du téléphone et agiter les bras dans tous les sens, comme s'il souhaitait dissiper de la fumée.

Tu comprends pas Ezzie, c'est un miracle. Un vrai petit miracle. Ça faisait des années que les choses n'avaient plus été aussi claires dans mon esprit. J'ai entendu la voix de Dieu dans ces eaux. Il appelait mon nom. Un véritable bentshung *pour notre* shul, *tu comprends ? Ça n'a pas été facile ces derniers temps, sur le plan financier, pour payer le loyer. Même avec toutes les économies qu'on avait. Enfin voilà, partage ça avec tes amis si tu veux bien. Peut-être sur Facebook.* Halevai.

Je réfléchis, me demandant qui je pourrais appeler – une personne qui parlerait encore à mon père et qui pourrait le dissuader ou du moins l'aider à recouvrer une sorte de stase élémentaire –, mais personne ne me vient à l'esprit. Après qu'il a renoncé à l'appartement pour aller s'installer dans cette affreuse ancienne école élémentaire avec le reste de ces types, j'ai un peu perdu le fil faut dire. Je commence à rédiger un mail à l'un de ses anciens collègues de lycée, mais me rends compte au milieu du message que la seule personne encore susceptible d'intervenir n'est autre que moi.

Le poids d'un père est lourd à porter, je me dis, mais sans pouvoir resituer cette citation. Honore ton père, je me dis, en sachant d'où vient celle-ci. Mais qu'est-ce que j'y connais moi, putain, à la possibilité d'apporter à ce nouveau malade mental les soins qu'il lui faut ? Je promène mon regard aux quatre coins de l'appart – la moustiquaire défoncée, le drap-housse qui n'a pas été lavé une seule fois, le même mug bleu dans lequel je bois tous mes liquides –, c'est à peine si je suis foutu de prendre soin de moi-même.

Et donc, je lâche l'affaire et partage le lien.

Les nouveaux potes de mon père ne sont qu'une bande de dégénérés, voilà ce que je me dis en remettant une couche mate de noir sur mes lèvres après avoir renforcé mon eyeliner bleu électrique. En même temps, je suppose que ça me fait plaisir de le voir ainsi entouré – j'étais tellement inquiet en partant à la fac à l'idée qu'il se retrouve seul. Il a rencontré ces types aux réunions des alcooliques anonymes au sous-sol de la synagogue, où je regrette qu'il n'aille plus. Dans le salon ils ont pris place autour d'une bouteille d'un truc russe, pour jouer à ce qui ressemble à des dominos, sauf que les pièces sont recouvertes d'étranges caractères. Ils ont sur eux une sale odeur nauséabonde, qui me parvient même derrière le voile de fumée que tissent leurs clopes, ce qui veut dire que de près ils doivent puer grave. Ces types arborent de vieux costumes noirs, et le plus grand d'entre eux porte un de ces schtreimels en fourrure, posé de travers sur le haut de son crâne. Ils ressemblent à des hassidim, à ceci près qu'on est vendredi et que l'un d'eux balance du Kylie Minogue à fond dans un casque qu'il a passé autour du cou.

Vous jouez à quoi ? je demande en sortant, et ils se tournent tous d'un seul mouvement vers moi, presque au ralenti, une bande d'escargots venant de tomber sur du sel. De toute évidence aucun d'eux ne s'attendait à ce qu'il y ait quelqu'un d'autre dans l'appartement.

Le type au casque autour du cou répond : *Ce serait plutôt à nous de vous demander à quoh vous jouez, jeune* chazzer, *non ? À sortir de la maïzon habillé keumme çoh.* Sur ce, ils partent tous d'un petit rire nasillard sous le regard gêné de papa, comme si c'était moi le chelou dans l'histoire. Il jette un regard nerveux à ses nouveaux potos.

Cool. Je réponds. Avant de franchir la porte pour aller rejoindre Edwin, ou qui que ce conifère puisse être, sur l'ancien parking.

Une fois par semaine je me rends au Nowhere. Un bar en sous-sol, tout en longueur, dans la Quatorzième Rue. Je vais au Nowhere le mardi, et là je peux être *no one*. Trente minutes de métro en partant de l'appart, pour pouvoir prendre place derrière une bière ou un cocktail à base de vodka, voire un granité les mois d'été, et mater mon téléphone ou lire un bouquin sur mon téléphone. Je préfère encore quand c'est mort. Je vais là pour faire le *boi*, sortir mon drag le plus *boi*. Un *qu'est-ce que je te sers chéri ?* de la part du grand gaillard derrière le bar avec ses barrettes dans les cheveux : moi je ne demande rien de plus, et c'est cette petite douceur qui m'aide à tenir toute la semaine.

J'adore me sentir à la fois habitué et inhabituel, présent et inconnu en même temps. Les connaissances vous rapprochent du seigneur. Ô, parler aux gens de tendre façon et fugacement dans le noir sous le poids écrasant de la musique, embrasser un vieux monsieur dans les chiottes et savoir qu'on lui apporte un peu de joie, se faire gentil garçon pour une fois, prétendre aimer sa coke et savoir que c'est faire acte de bonté, un bras débonnaire et musclé sur ton épaule ou qui se glisse dans ton jean par-derrière. Chaque mardi un nouveau type peut se révéler un frère qui m'ignore à l'autre bout de la pièce. J'ai appris à composer un regard qui en dit plus long qu'une bouche jamais ne le pourrait. J'ai appris à faire de ma bouche un trou humide. J'adore rencontrer des inconnus au Nowhere, tout en sachant que ça n'ira *nowhere*, nulle part, que ce sera sans doute la seule et unique fois qu'on se parlera.

J'ai eu la chance de mourir au bon moment. Avant d'y passer, mon premier sentiment dès que quelqu'un disparaissait, c'était une forme de jalousie. En plus des amis, il y a eu toute une cavalcade de stars que j'adorais. Une hécatombe d'acteurs et de musiciens, l'âge pour certains, suicide pour les autres. Leonard Cohen, Prince, Robin Williams, Carrie Fisher, David Bowie ; et l'un après l'autre, mes amis, que personne ne connaissait – pas même moi, en fait –, ont eu droit à leur commémoration au gré, qui d'un petit cortège, qui d'un post Facebook, d'une page d'hommage sur laquelle on pouvait se rendre, quelques dizaines de torses se soulevant dans l'intimité de leur propre isolement, chez eux, un office de bon goût tenu autour d'un trou excavé par un engin mécanique. Même ceux dont je n'ai jamais été proche dans la vie – je ressentais profondément leur absence. Des gens peut-être avec qui j'avais eu une expérience sexuelle sur Snapchat ou Instagram ou que j'avais aimés de loin. Peut-être qu'on s'était envoyé des textos à mesure qu'on se caressait dans le noir, que chacun adressait à l'autre d'obscures photos ou vidéos de soi prises dans de lointaines affres, tout ça pour que le sexe de l'un comme de l'autre disparaisse aussitôt dans une infinité de données. Sachant pertinemment que toutes ces entreprises technologiques conservent nos messages égarés, de sorte que même après la mort, dans une base de données quelque part, on est encore en vie lui et moi, et qu'on a encore faim l'un de l'autre. Toujours aussi proche et aussi loin qu'on l'a jamais été. Et moi ce que je ressentais, à chaque fois que j'avais vent de leur décès, ce n'était pas du chagrin ni de la colère ; c'était de la jalousie.

Quand je reçois la nouvelle pour Edwin, je prends rendez-vous pour me faire tatouer une pieuvre sur le ventre, tête juste sous mon nombril, tentacules remontant et ondulant lentement en direction de ma poitrine. Ça dure quatre heures avec la première personne disponible chez *Karma Tattoo* rien que pour tracer les contours en noir. Iel s'appelle Xandria et même si son trait laisse à désirer, les tentacules asynchrones et heurtés s'accordent plutôt bien à la circonstance. Pendant que son aiguille fore en moi, iel me demande pourquoi ce tatouage, et je m'explique : les pieuvres ont trois cœurs mais pas de colonne vertébrale – comme moi, et iel sourit. Je dis : les pieuvres peuvent changer de couleur et de forme pour mieux se fondre dans leur environnement et quand elles ont peur elles crachent de l'encre – comme moi aussi, et iel sourit à nouveau. Ce que je ne dis pas en revanche, c'est pour Edwin. Pendant tout ce temps, je parviens à ne pas lâcher une larme.

Même si je suis un peu nerveux à l'idée d'essayer, avec mon mec à la fac on prend de la DMT dans le cimetière. Ni l'un ni l'autre n'avons jamais fait ça. Il m'explique que c'est la même substance chimique que celle qui se déverse dans le cerveau quand on meurt. Stylé, je lui réponds. Il pense que ça nous rapprochera, quand moi j'espère tout juste que ça pourra suffire à empêcher le naufrage du bateau qu'est notre histoire. Il était là et je me suis laissé happer ; autrement dit, il était plutôt intéressé et faisait partie de la vingtaine de gays sur le campus, donc j'y suis allé et me suis laissé porter. On s'est rencontrés à ce qui devait à l'origine être une orgie dans une piaule de la résidence U, mais qui s'est soldé par six mecs réunis pour picoler de la bière bon marché avec, cerise sur le gâteau, une pipe maladroite pour l'un d'eux tandis que deux ou trois autres dans le tas se branlaient timidement, perchés sur de vieux meubles tristounets. Quentin adore le cimetière. Je trouve pour ma part que c'est un manque de respect, traîner comme ça près des morts – il y a presque un côté voyeuriste, mais c'est ce qu'il veut, alors je suppose que c'est ce que moi aussi je finirai par vouloir. Grand et fin, cheveux bruns plutôt filasse, il pourrait être un de ces arbres, penchés sur nous penchés sur les stèles pour mieux les déchiffrer. À l'heure argentée, il place la poudre amère sur ma langue mais ça commence tout juste à faire effet tandis qu'on s'embrasse sur un banc près de la tombe d'un enfant mort de tuberculose il y a cent ans. Il fait nuit et la lune fait office de projecteur. On s'embrasse et je lui caresse lentement la queue à travers son jean, quand sa bouche commence à s'ouvrir plus grand, ce qui est très bizarre – puis plus grand encore que ce dont j'imaginais une bouche capable, et voilà que, yeux fermés, chutant dans le trou noir de sa gorge, je me surprends à remonter le temps. Pour me retrouver avant même que ce gosse ne meure, quand tout ici n'était qu'herbes hautes. Quand cette ville n'était qu'un vaste bois. Les arbres projettent leurs doigts sombres vers la lumière cyclique avant de retomber de millénaire en millénaire, jusqu'à la naissance de la couleur, lorsqu'elle se sépara de quelque source de lumière que ce fût, et moi je me connecte à chacun de ces corps grâce auxquels je jouis aujourd'hui d'un corps sans quoi je ne pourrais être ici, et nous parlons tous d'une seule et même voix, tous la faim au ventre et tous un lieu à fuir. Enfin, nous revenons à cette unique figue d'où toute vie a jailli, une guêpe morte à l'intérieur, et je reste là à pleurer avec elle quelques siècles supplémentaires, la laissant me piquer la langue encore et encore. Je n'ai jamais été aussi connecté à un autre être qu'en ce moment où je réalise que nous sommes toujours assis là, sur ce banc dans le cimetière, à sangloter dans la bouche l'un de l'autre. *Merci Merci Merci*, nous répétons. Nous nous séparons un peu plus tard dans le mois.

Dans un petit village connu formellement sous le nom de Bhlikovta, des hommes en uniforme vinrent dire aux habitants que leur village n'en était plus un. Les hommes eurent recours au feu pour faire passer leur message et, hors du village, un écrivain fut jeté sur les routes d'hiver en compagnie des voisins qui restaient. Comme ils traversaient une obscurité sans fin, les voisins lui demandèrent de leur narrer la vie qu'ils avaient menée à Bhlikovta, de la reconstruire pour eux dans ses mots. Ils dirent, racontez-nous ce ruisseau où nous faisions semblant d'être des poissons venus frayer, racontez-nous les champs où nous enterrions nos chiens. Je suis écrivain, répondit l'écrivain, je ne peux pas vous redire ce qui fut comme si c'était encore, tout ce que je peux faire, c'est le consigner pour vous une fois que ça aura disparu, vous offrir un cela-est *qui n'*est *plus, vous comprenez ? À cette réponse, les voisins se trouvèrent passablement aigris ; eux, tout ce qu'ils voulaient, c'était récupérer leur table à manger, le sol sur lequel ils avaient donné naissance à leurs enfants, les endroits qu'ils avaient célébrés dans leurs chants de joie et de peine. Ils voulaient que l'écrivain accorde dans l'écriture un répit à leur souffrance, qu'il les maintienne à distance de ce froid qui leur poignardait les pieds. Après des semaines d'un long périple, lorsque le village tout entier eut fini par abandonner l'écrivain à sa marche, s'égaillant au gré des villages avoisinants qui attendaient encore d'être dépeuplés, l'écrivain s'assit au petit bureau d'un enfant dont l'école avait été bombardée, et il se mit à écrire. Il consigna d'abord tous les aspects d'une vie sous forme d'objets, non pas d'idées mais de choses, des pages et des pages de couverts, d'écharpes et de pelles, et un à un chacun de ces noms communs apparut devant lui. Après avoir bâti le plan de son village disparu, d'une main tremblante il poursuivit :* Je n'avais pas de maison, jusqu'à ce qu'elle me fût anéantie.

Les choses ne font que me survenir, en quelque sorte. J'ignore comment le dire autrement. Un matin j'ouvre les yeux et voilà que j'occupe une vie différente. Je bosse comme agent de sécurité pour un vieil entrepôt. Je vais boire dans la chaufferie après un cocktail chic. Je mets en cartons une pièce entière remplie de bouquins chez une dame décédée. Je me débarrasse de toute ma garde-robe, que je remplace par des coloris verts et olive. Je reviens sur la scène du crime. Je suis comme une tortue sur la plage du Parc Riis, clignant des yeux sur ma serviette tandis qu'autour de moi dansent des potes à moitié nus que j'adore profondément mais que je ne reverrai peut-être jamais. Je traverse la ville à pied et ne suis personne jusqu'à ce que quelqu'un me parle et me donne un nom. Je décide de l'endroit où je vivrai ensuite quand on m'y invite. Je me rends à cet entretien d'embauche et je dois mon recrutement à une connaissance. On dirait presqu'il n'y a aucune continuité entre demain et ce qui le précède – ou alors c'est juste ma mémoire qui me fait commencer chaque jour à partir de rien, pas un tronçon de route entièrement neuf, mais c'est comme si je me réveillais à la sortie du virage. Même quand j'ai failli épouser Christian, je savais que ça ne durerait qu'un temps, que même « pour toujours » n'est qu'un moment parmi d'autres. Si on me presse ou me plaît assez, on peut me convaincre de me transformer en presque n'importe quoi, je sais ça. Il fait sa demande après mon emménagement dans le studio situé au sous-sol de la *brownstone* où habitent ses parents, et je serais tout bonnement incapable de vous dire comment l'un ou l'autre de ces événements a pu se produire. Un jour, dans son appartement, il me baise à sec, et puis on est quatre mois plus tard et il me demande en mariage. Genou à terre, comme s'il était fait chevalier, dans son pyjama une-pièce avec les ananas que j'ai toujours trouvé gênant. Il a dans la main une bague de décryptage, ce qui doit être une blague entre nous dont je ne me souviens pas vraiment. Je me sens tout creux à l'intérieur quand il fait ça, mais je dis oui pour m'épargner l'expression sur son visage. Il vient de se dénicher un job dans la finance, ce qui signifie qu'il sera absent une grande partie de la journée pour manipuler des nombres imaginaires, le genre de nombres qui permet de saisir la maison des gens ou de faire flamber le prix du lait infantile. Facile, jusqu'à ce qu'à ce que ça ne le soit plus. Nous nous faisons livrer à manger. Il me regarde dans le blanc des yeux quand il est en moi. Je fais de mon mieux pour incarner une forme de présence, afin de le convaincre qu'il n'est pas juste en train de plonger son regard dans son propre reflet.

C'est à la télé que pour la première fois j'aperçois la tour du président, au gré d'une rediffusion de la série *Une nounou d'enfer* ou de *Maman, j'ai encore raté l'avion.* Elle apparaît brièvement, une poignée de secondes seulement, avant que la caméra nous entraîne à l'intérieur, dans le lobby, avec tout ce marbre saumon et ce mobilier aux dorures criardes. Une coupure puis on passe à une sorte de réunion, salle du conseil, fauteuils en cuir et luminaires kitsch. Elle se pose là sur la Cinquième Avenue comme un joint mal roulé, sombre stalagmite s'élançant vers les cieux, l'affreuse petite sœur de Babel. Puis ce n'est plus devenu qu'un stupide symbole, un immeuble noir-horrible coiffé de cette atroce police d'écriture, d'épais caractères extra-gras qui brillent comme autant de dents en or dans ce qui lui sert de bouche.

Le Golden Gate est l'endroit préféré des Américains pour se suicider. Chaque année, une trentaine de personnes se jettent depuis ses bras rutilants dans les eaux noires de la baie. Je me demande ce qu'ils ont pu ressentir en le voyant pour la première fois. Y a-t-il eu une forme immédiate de reconnaissance – *c'est à cet endroit que je vais mourir* –, ou bien cela a-t-il été plus subtil ? L'idée s'est-elle implantée dans le crâne comme une espèce invasive de plante grimpante ? A-t-elle poussé là lentement, colonisant panneaux stop et publicitaires jusqu'à ce que, un beau matin, on monte en voiture et prenne la direction de la Californie ?

Impossible de savoir si c'est bien Edwin avant d'être sur le parking. Il refuse de m'envoyer sa photo via l'appli, mais le fait qu'il m'appelle *Boy-chiquemolle* me laisse espérer comme une fenêtre ouverte. Quand j'arrive, il est déjà là, derrière le Seven/Eleven, et l'espace d'un instant je me demande s'il en est jamais parti, si ces deux dernières années il n'est pas resté planté là, à fumer lentement la même cigarette. Quand je m'approche, toutefois, il est évident qu'il a perdu autre chose qu'un peu de poids – une certaine distance est apparue derrière son regard, ses joues se sont creusées. M'explique qu'il a tenté l'armée et qu'on l'a renvoyé chez lui plus tôt que prévu, sans me dire pourquoi.

On est allongés là à l'arrière du pick-up, à regarder les quelques étoiles brillant assez pour être visibles derrière la pollution. La fumée que nous exhalons au-dessus de nous dessine des arbres quand les phares des véhicules la découpent. On ne dit rien pendant un long moment, puis comme sorti de nulle part derrière la fumée bleutée, il me demande de le prendre dans une voix que je ne lui connaissais pas, un murmure fragile et aigu, un bout de chatterton qu'on retire d'un coup sec. Sa requête me coupe le souffle mais une seconde seulement, avant que je m'exécute, comme je me serais exécuté à n'importe quelle autre demande de sa part. Je n'ai pas de capote mais ça m'est égal. Il est allongé sur le dos et c'est dégueulasse, et je fais de mon mieux pour le soulever à un angle adéquat. Il pleure à sa façon silencieuse et lève les yeux au ciel sur rien en particulier ; alors je lui demande s'il veut que j'arrête, mais chaque fois que je lui pose la question il tape du poing contre le flanc de la cabine, marmonnant de fermer ma gueule. Alors je ferme ma gueule et continue de le baiser jusqu'à ce que ses yeux se révulsent et qu'à l'évidence il n'habite plus nulle part au sein de ce corps.

Après avoir terminé et m'être nettoyé du mieux possible avec une bouteille d'Aquafina à moitié bue, je nous allume à tous les deux une de ses Newport, et il semble être redevenu lui-même, confiant et lumineux après s'être fait défoncer, luisant telle une géode. Sur son téléphone, il me montre la vidéo d'une pieuvre filmée par une caméra de surveillance en train de se tirer de son aquarium. On voit sur les images granuleuses l'un de ses nombreux tentacules ouvrir le dessus de sa prison aqueuse avant que son corps amorphe ne glisse le long du verre. En se faisant la malle, l'animal saisit un poisson et se le fourre plus bas dans la gueule tandis qu'il sort du cadre pour rejoindre sa liberté. Edwin se marre, j'en fais donc autant. Il me demande où d'après moi est la pieuvre aujourd'hui – morte ou encore en fuite ?

Les premières années qui suivent le départ de maman, papa ramène du lycée des piles de papier à la maison. Ces pages sont truffées des rêves que font ses élèves. Chaque printemps le salon est envahi de carnets remplis de rêves. La nuit parfois, quand il est assez tard, je descends en douce pour les lire. Un cahier est plein de chutes et d'envols – dans chaque rêve un truc se met toujours à voler, avec ou sans ailes. Un autre cahier ne parle que de fuir depuis l'autre bout du monde. Un autre, de soins dentaires terrifiants. Les élèves adorent mon père, l'appellent P'pa. Il a tout un cours sur la poésie, et souhaite qu'ils traduisent leurs rêves en poèmes. Il ne me demande plus jamais, à moi, de lui raconter mes rêves. N'emmène jamais mes rêves à moi au lycée, couchés sur le papier. Ces dernières années ont été dures pour tout le monde, voilà ce qu'il me dit quand je pose la question.

Il a une pièce quelque part entièrement remplie d'autres enfants. Des frères et sœurs que je ne croiserai jamais, mais dont les noms le font sourire quand il les prononce. Il leur fait cours sur les recueils de poésie qu'il me lit le soir. Et donc, je feuillette l'œuvre des élèves qui l'appellent P'pa. Et qui doivent l'aimer comme leur propre père. Ces élèves se servent de leurs rêves pour écrire des poèmes imitant ces vieux messieurs endeuillés, et quand je vois ça, ça me comble de gratitude. Peut-être que ça veut dire que moi aussi je fais partie de quelque chose, que je suis relié à une histoire qui vaut la peine d'être suivie, qui vaut la peine d'être étudiée par une classe remplie de gosses qui ne désirent qu'une chose, apprendre de mon père.

Maman aussi fait de la poésie à sa façon, non pas avec les mots mais la peinture. Un printemps, elle a peint la salle à manger avec plein de fleurs. Des tournesols pour l'essentiel, mais il y avait aussi des zinnias et des dahlias. Ces fleurs paraissaient si réelles qu'on aurait pu croire qu'elles respiraient. L'hiver où elle nous a quittés, papa a repeint la pièce en gris. Ça faisait à peine quelques jours qu'elle était partie quand il s'y est mis, et depuis l'appart est entièrement gris. Ici, dans cette pièce grise, papa lit les rêves que font ses élèves et il rigole. Penché sur leurs pages, il leur écrit et me demande de lui resservir un verre.

Quand je ne suis encore qu'un enfant, mes parents nous déménagent du Queens dans une petite ville logée sur les rives de l'Hudson, qui comme eux avait de l'argent, et puis l'argent s'est fait la malle et ne sont plus restés que des échafaudages. L'enveloppe fantôme d'une ville. Où une industrie jadis prospère a laissé derrière elle les coques vides d'usines parfaites pour l'exploration, pour la récolte et l'enfouissement de tout un tas de secrets. Des pavillons de banlieue tapis entre des propriétés éventrées, le tout gagné par le pourrissement fongique, les moisissures faisant ramper leurs doigts le long des murs de ces bâtisses jadis majestueuses.

Je peux vous dire où et quand je me situe en fonction de la cigarette qui se trouve entre mes lèvres. Ça m'a toujours paru plus facile de m'adapter au type de clope que fume la personne avec qui je couche. Ce qui est vrai, aussi, de la plupart des centres d'intérêt, en réalité ; les goûts s'avèrent changeants et multiples. RuPaul's Drag Race avec Quentin au bar du campus. Huîtres en *happy hour* avec Malcolm. Jeux de société avec Arnold. Films d'horreur assez merdiques avec Christian. L'opéra avec Kristopher. Et ainsi de suite. Peu importe le public, je me transforme aussitôt en nouvel adepte, le mec assez expert pour pouvoir lever les yeux au plafond face à tous ces poseurs et imposteurs qui m'entourent. Je m'adapte à ce que montrent les visages autour de moi, peu importe ce que c'est, tous partisans de leur propre petit rituel du plaisir.

Les Marlboro Light de maman, par principe je refuse.

Les Pall Mall sans filtre de papa, qu'on peut tapoter une à la fois sur un genou en les sortant de leur emballage souple.

Les Newport d'Edwin, mes premières parmi tant d'autres choses, y compris les menthols, le sentiment à peine effleuré de la mort.

Kevin, le goût de vieux chêne qu'ont ses Lucky Strike avant qu'elles et lui ne se fassent *cancelled*.

Gerard et ses Parliament, avec leur filtre encastré, dont il me disait qu'il servait à ajouter un peu de cocaïne, quoique je ne l'aie jamais cru… ni pour ça ni pour autre chose d'ailleurs.

Les Camel Crush de Quentin, deux mondes distincts et pas ce qui se fait de mieux, transformation de la cendre à la cendre.

Les Yellow American Spirit d'Ericka, fourrées dans ce porte-cigarettes sans âge, avant qu'ille m'enjoigne de me mettre à la pipe.

Arnold et ses Kamel avec un K dans leur chouette paquet rouge.

Malcolm et son tabac de marque Samson, que vers la fin du temps qu'on a passé ensemble il s'était mis à rouler avec ces petits filtres Swan, qui se barraient de la clope pour s'enfoncer dans le fond de ta gorge.

Kristopher et ses Gauloises, évidemment, quel connard.

Christian avec ses Marlboro n° 27, qui ont toujours eu un goût de produit chimique mélangé à la sève, le parfum que j'imagine nous survivre, quand le goût du monde naturel aura rencontré toute l'horreur dont nous nous sommes montrés capables ici-bas.

En fonction de l'année, tous mes amis migrent d'un espace numérique à un autre. Je me crée plusieurs comptes en même temps avec des photos et des noms différents. C'est sympa de pouvoir visiter la vie de quelqu'un d'autre pendant un instant. De ne pas avoir à justifier de son propre corps dans le temps ou l'espace. De poser sa respiration sur les différentes façons dont on tape à l'écran. Dans ce monde, on est précisément, tout en n'étant pas, qui on dit être. Une liberté affranchie de l'histoire. Plaisir et compagnonnage peuvent revêtir n'importe quelle forme, à partir du moment où on arrive à se l'imaginer. Jusque dans l'épaisseur du soir, je laisse échapper mes rires tout haut de mon corps réel, en compagnie de mes nouveaux amis ; on dit des conneries et on se raconte des blagues, on compare nos notes et on s'envoie des mèmes. On se retrouve dans Les Sims pour partager nos secrets qu'on cale entre deux bobards, on fait s'embrasser nos avatars, s'envoie des nus tête coupée, et au gré de ces vies imaginaires, ce sont nos vies qu'on partage.

Ericka : le mois dernier j'ai flashé sur trois meufs différentes toutes appelées mary.

Ezra : Alléluia ! Toutes vierges ?

Ericka : plus maintenant.

Ezra : M D R. Des bonnes à marier dans le tas ?

Ericka : nan, je crois pas. un petit tour et puis s'en vont. le grand amour l'espace d'un instant puis l'instant s'est envolé.

Ezra : je te crois... Moi j'ai jamais connu l'amour, ça fait quoi ?

Ericka : mytho.

Ezra : Sérieux.

Ericka : bah, si tu poses vraiment la question... c'est le genre de trucs qui prend le contrôle de tes membres et de ta respiration, tellement prenant que t'arrives plus à ressentir ni penser autre chose. comme tomber de très haut dans le corps de l'autre.

Ezra : Ooooh, un genre de possession quoi, ou d'addiction ou quelque chose ?

Ericka : vite fait.

Ezra : Ouais, jamais connu ça... Me suis fiancé cela dit !

Ericka : comme dans je vais me marier ?

Ezra : Exactement.

Ericka : je le plains.

Ezra : Tu l'as dit.

J'ai appris son emploi du temps à la supérette. Il ne bosse ni le week-end ni le mercredi ; de ce fait, j'y vais le jeudi et m'assure de passer à sa caisse pour qu'on puisse échanger quelques banalités. Ça ne va pas au-delà. Je ramène mon *tote-bag*, et à chaque fois j'ai droit à une remarque enthousiaste et gnangnan sur les bords, du style *C'est bien vous faites un geste pour la planète !* ou alors *Le tote c'est la vie !*, qu'accompagne, l'air de rien, le petit clin d'œil du blaireau expérimenté qui me filerait la gerbe s'il n'était pas le portrait-fantôme sexy de feu mon ex. Un jeudi je décide de voir où il habite ; ce n'est pas comme si j'avais mieux à faire. Alors j'attends en face dans la rue, sur un banc, et quand je le vois sortir vers 19 heures je me mets à suivre son blouson de sport jaune moutarde et ses cheveux bruns lissés en arrière jusqu'à la ligne G, et on prend le même train tous les deux en direction du Queens. Il a l'air crevé après avoir répété la même chose, *passez une bonne journée* toute la journée ; gardien malgré lui posté en travers du chemin menant quelques centaines de personnes à leur repas du soir. Je sais que ce n'est pas lui et pourtant – j'applique les règles apprises dans les polars : monter dans la voiture suivante, ne le regarder qu'au gré des reflets par la petite vitre rectangulaire qui nous sépare. Quand on change de ligne à Court Square, on doit attendre sur le quai bondé l'un à côté de l'autre, et mon pouls s'accélère. Il me jette un regard et j'aperçois une lueur de reconnaissance, un sourcil inquisiteur ; il fait un signe de la tête et je me mets à rougir – *merde*. Je détourne les yeux et fais semblant de lire mon bouquin, un essai sur les rapports sexuels en public, de Samuel Delany, dont je note avec étonnement que ça n'a pas conduit, chez moi, à davantage de rapports anonymes. Lui est plongé dans son téléphone jusqu'à ce que le métro de la ligne E arrive, et on se retrouve debout dans la même voiture au milieu de la foule, en direction de Jackson Heights. Je n'arrive pas à dire s'il me reconnaît ou si c'est juste moi qui suis hyper-sensible à chaque micro-expression passant sur son visage tel un changement climatique. On se tient tous les deux à la même barre métallique et je sens la chaleur qui se dégage de son poignet, tout ce sang affluant juste là sous sa peau – et c'est alors que je comprends pourquoi les gens s'aspergent de parfum juste à cet endroit. À chaque arrêt davantage de voyageurs montent à bord, nous poussant toujours plus près l'un de l'autre jusqu'à ce que nos deux corps se froncent l'un contre l'autre, son bassin contre ma hanche, chaque secousse du train le précipitant un peu plus fort dans ma chair. La voiture est tellement bondée qu'on ne voit pas ce qui se passe sous les torses, alors je presse moi aussi de plus belle ; c'est plus fort que moi. Il ne me regarde pas mais je sens qu'il est dur, à cet endroit. Je regrette de n'avoir pas plus de terminaisons nerveuses au niveau du cul pour pouvoir mieux sentir ses contours. On reste dans cette position jusqu'à la station 75th Av. où je le suis hors du train. Il ne me regarde toujours pas et je commence à me demander si je n'ai pas imaginé toute la scène – j'ai l'impression qu'elle a pu se jouer dans mon esprit seulement –, mais on a tout juste gravi l'escalier pour sortir à la lumière du jour qu'il me pousse contre le rideau de métal barrant l'entrée d'une taquería et me mord violemment la lèvre inférieure, jusqu'au sang. *J'habite pas loin*, dit-il d'une voix rauque. La lumière est si grise qu'elle laisse éclater les couleurs, le vert des arbres presque insupportable. Je le suis jusque dans Elmhurst, et ni lui ni moi ne prononçons le moindre mot en chemin, mais mon cœur cogne si fort en moi qu'il doit être en mesure de l'entendre. Nous descendons les marches menant à son appartement situé en sous-sol, et c'est alors qu'il se tourne vers moi, sa clé déjà dans la serrure, pour me dire : *Je m'appelle Christian, mais me dis pas ton nom.*

Pour mon premier vrai rencard avec Christian, on va boire un thé ; ce que je n'ai jamais fait auparavant – aller prendre un thé avec quelqu'un et m'en tenir à ça uniquement. Le thé m'a toujours paru comme un truc auquel on pense après coup, ce qu'on fait pour faire durer quelque chose – un petit rien, quelques feuilles trempant dans de l'eau chaude – ; ça, ou alors pour faire passer le mal de ventre quand on est seul et malade chez soi, dans son appart vide et infini. Quoi qu'il en soit, ça me paraît un truc horriblement adulte et précieux, mais j'arbore ce que j'espère être un air réservé et désaffecté, comme si c'était le genre de choses que j'avais l'habitude de faire. Lui commande un thé qui donne à l'eau une couleur rouge plaie, et moi je montre du doigt ce que je veux sur le menu, histoire de ne pas tenter de prononcer à voix haute ces nombreuses syllabes regorgeant de consonnes et me faire honte. Je comprends mon erreur trop tard. Après avoir bu ma tasse, je ne suis plus qu'un tas de linge étendu sur du fil en plein orage, mon squelette se mettant à vibrer à l'autre bout de la table. Je me transforme en cette toute nouvelle personne, débordant de vie et n'arrêtant plus de parler, ce qui ne me ressemble pas du tout, et voilà que j'ai pour cet homme une multitude de questions sans même prendre le temps d'écouter ses réponses, cet homme aux cheveux bruns tirés en arrière en un chignon serré, que je prends dans un premier temps pour un Israélien mais qui s'avère libanais, et je suis triplement content de n'avoir pas tenté de deviner. Je parle, faisant à l'occasion un peu de place pour ses affirmations et où il glisse ses sourires ou hochements de tête. Il répond *OK, non !, ha-han.* Et moi je continue de déblatérer sur tout et n'importe quoi : l'histoire du piano, la tutelle de Britney, la logique évolutionnaire des odeurs. Je lui présente des excuses à mi-gorgée au cours de ma deuxième tasse, et lui explique que je ne suis pas toujours comme ça, à parler de manière frénétique, si fort et avec autant d'impatience – autant d'intérêt. Et qu'il ne doit pas s'attendre à une nouvelle itération de ce moi-là lors de nos thés à l'avenir, aussi inquisiteur et communicatif. Il sourit à l'autre bout de cette table en bois taché, avec son collage de coupures de presse centenaires – *Il y aura donc d'autres thés à l'avenir ?* Je rougis ou c'est la caféine qui me gagne les joues, puis je baisse les yeux un instant sur le *Hindenburg*, ce dirigeable pris au piège du temps dans son affreux duvet blanc, et je lui réponds d'un sourire idiot, ne sachant pas quoi lui dire, si ce n'est, *bah oui*.

La naissance donne lieu à tout un rituel qui consiste à préparer le corps à la bureaucratie. Je me souviens de tout désormais, de la façon exacte dont ça s'est passé. Les piqûres, la prise de poids, les mensurations, l'empreinte du pied, l'incubateur, la petite blouse blanche, la dilatation de ces énormes pupilles adultes qui vous regardent de l'autre côté d'une vitre, les mains gantées, la poitrine penchée, cette femme en pleurs face à mon refus de croiser son regard, les infirmières et les tentatives d'allaitement. La plupart des gens ne se rappellent pas leur plus tendre enfance, ce qui est une bénédiction. Les premiers mois sont atroces. Imaginez sentir encore les morceaux de votre crâne humide et mou, le cerveau qui se frotte contre la peau, imaginez sentir les os de votre crâne lentement fusionner pour ne plus faire qu'un seul et unique objet clos. Imaginez le monde à l'envers, un médecin en blouse blanche se promenant au plafond. Imaginez l'absence totale de langage, rien qu'un assemblage de sons fracturés, une couleur hurlante dépourvue d'ordre comme de sens, sans la moindre idée de température, la nourriture coulant en vous comme de l'eau giclant d'un robinet pété. On me laisse dans une pièce avec plein d'autres bébés, chacun de nous dans le plastique de son propre cercueil de naissance. J'essaie de parler à ces êtres qui sont à côté de moi, mais sans pouvoir trouver une langue qui nous soit commune, alors nous pleurons. Ensemble nous émettons un bruit informe. Nous venons tous de pays différents et disparus. Je m'acharne dans le voisinage de leur boucan, la naissance est une tour, je le sais désormais. En fin de compte on me prend et on me regarde avec de grands yeux éberlués – mes parents sans doute. Ce n'est pas vrai, ce qu'on raconte – qu'on les reconnaît instantanément. C'est un mythe, je pense, cette idée que les enfants se sentent liés par le sang, que lorsqu'on pose les yeux sur sa mère la première fois, on se voit chez soi. N'importe quel endroit peut devenir chez soi, dès lors qu'on y a à manger.

Certaines choses sont en effet plus simples quand le langage ne s'est pas encore mis en travers de ton chemin. Quand tu n'as que quelques mots à ta disposition, chacun d'eux est à lui seul une phrase complète, est un nom et un verbe en même temps, et porte le poids faramineux du monde. Pointe du doigt et dis ce dont tu as besoin, et reçois-le : Eau, Lait, Maison, Maman, Manger, Dormir, et même, sans que ce soit vraiment aussi urgent, ton propre Nom.

Je finis par avouer à Christian que quand on s'est rencontrés, je le suivais. Ce qui le fait rire ; évidemment il était au courant, me dit-il. Il se souvenait de moi à la supérette à cause de mon fard à paupières, qui était toujours très clair et mal étalé, et ça le frappait de voir qu'on pouvait être aussi affreux et charmant à la fois. Et moi qui pensais passer inaperçu. Même derrière ton horrible maquillage, dit-il, je voyais bien que t'étais pas mal. Il marque une pause, puis termine sa phrase – pas mal *gay*. Je lui assène une légère beigne dans le bras à ce compliment aussitôt détourné en gentil coup bas. On a pris place dans Prospect Park sur un petit banc niché à l'abri du soleil, dans les arbres. D'ici, avec notre mauvaise vue partagée, les familles qui jouent sur la colline au loin ne constituent pas tant des individus que des amas de couleurs, séparés les uns des autres mais appartenant au même épais tourbillon chaotique, comme un tableau mouvant. Je vois que seule leur joie mutuelle les préoccupe, et qu'ils ne sont aucunement terrorisés par la chaleur anormalement élevée de cette journée à la mi-décembre. T'en veux une, me demande-t-il ? Je suppose qu'il parle d'une famille avec enfants, alors je m'esclaffe et monte sur mes grands chevaux pour lui dire que c'est la fin du monde et qu'il fait beau dehors, et que moi j'essaie juste de tenir le coup aussi longtemps que possible, que c'est sans doute la chose la plus égoïste et irresponsable qu'on puisse faire, pire encore que de conduire une voiture, pire que de manger de la viande, je n'arrive même pas à poser les yeux sur ces familles aujourd'hui sans avoir une légère envie de vomir. Puis je me retourne et m'aperçois qu'il me proposait simplement une cigarette.

Pas de meilleur apprentissage de soi ou d'un endroit que dans la marche. Sans musique, sans direction, pas de courses à faire ni aucun objectif en tête, rien que ce petit compas logé dans la poitrine à suivre pour se dessiner. Chaque fois que je marche dans cette ville, elle est différente. Chaque fois que je marche, je suis différent. Ce n'est pas de cette ville que je veux faire partie, mais de partout à la fois, m'ancrer au plus profond du plan – rien d'aussi grandiose qu'une clef de voûte ; davantage une dent humaine enfouie quelque part dans un endroit quelconque, au sein de cette architecture qui lentement se dissout.

Au camp juif socialiste pour gamins friqués de la *Tristate area*, chaque été, nous chantons « Zog Nit Keynmol ». Nous chantons « Libertade ». Nous arrachons les mauvaises herbes dans le jardin. Nous dormons dans des lits superposés. Nous mangeons des lentilles et du pain. Nous écoutons les histoires qu'on nous lit dans de vieux livres, et chantons autour du feu, en mangeant des guim-o-chocos, un chacun, quoique de temps en temps nous arrivions à en piquer un ou deux autres. Ici, dans les bois du Massachusetts, nous reproduisons le Kibboutz, tout le monde s'y met, tout le monde chante. Nous défilons dans les bois et faisons des feux de camp en prétendant être des garçons normaux. Ici, au milieu de Juifs uniquement, nous devenons subitement bons en sport, et nous ébouriffons nos cheveux avec de copieuses doses de gel, nous préparant à parler aux filles. Nous nous imaginons que les filles aiment ça, des cheveux aussi durs que le plastique et en forme de lames de couteau. Nous portons des shorts cargo et fourrons nos poches de petits pains. Je laisse un peu trop traîner mon regard dans les vestiaires mais ça ne les empêche pas de m'accepter comme l'un des leurs. Ici nous sommes tous des garçons d'extérieur jusqu'à l'éruption cutanée, qui exige l'application de crèmes stéroïdiennes. Ici, nous veillons tard le soir et nous racontons des histoires de fantômes au sujet de fantômes américains. Nous quittons nos lits en douce dans nos sweats à capuche et nous faufilons dans les froides nuits d'été pour nous déchaîner au milieu des arbres. Le seul endroit où je me sois jamais senti un parmi tant d'autres. Jusqu'à ce que mes grands-parents, un été, refusent de continuer à payer, disant qu'il est temps que j'apprenne la valeur d'un dollar, ce qui, comme je le découvre assez rapidement, ne signifie pas tant étudier l'argent que commencer à comprendre qu'il faut sacrifier de son temps et de son labeur pour en avoir un tant soit peu. Je reste donc chez moi l'été suivant pour bosser à la pizzeria pas loin, et soudain je ne suis plus l'un des garçons et ne le serai jamais plus vraiment. L'histoire se termine aussi vite que ça. Je suppose en fin de compte que chaque utopie est financée par cet autre monde gagné à la médiocrité, qu'imaginer un monde meilleur signifie de devoir au moins avoir les moyens de l'imaginer.

Ma dernière année de fac, le département de théâtre met en scène ce classique au sujet d'une bande de gays à New York. La pièce fut initialement écrite en 1968 bien avant que le VIH/SIDA refonde entièrement le quartier. Dans cette pièce, les personnages ne font que danser et manger des gâteaux tout en se faisant des coups de pute en permanence. C'est d'autant plus triste qu'on sait tous ce qui les attend à la tombée du rideau. Comme de regarder depuis l'autre bord de l'apocalypse. La tristesse de voir un enfant faire à peu près tout ce qu'il veut, quand on sait ce qui l'attend lorsqu'il aura grandi. Après la pièce, nous sommes plusieurs à reproduire ce jeu auquel les personnages jouaient, où il faut appeler la personne qu'on aime le plus et lui dire qu'on l'aime. Quand vient mon tour, bien sûr j'appelle Edwin. Il est mort un peu plus tôt dans le semestre et je ne l'ai dit à personne. Je fais semblant de laisser sonner, sachant très bien que la ligne n'est plus attribuée. Il m'a fallu arrêter de composer le numéro il y a des semaines. J'ai laissé tellement de messages de ma respiration – de lourds grognements dépourvus de mots, l'imaginant à mes côtés –, j'espère que sa mère ne les a pas écoutés. Je prétends que le répondeur s'est déclenché, *C'est son répondeur*, je dis et je patiente un instant que retentisse le bip imaginaire. *Je t'aime et tu le sais, depuis toujours*, et tout le monde se met à siffler et brailler tandis que j'enfonce le bouton rouge qui met fin à l'appel. Et l'espace d'un instant, en compagnie de tous mes amis ici en chair et en os, il est à nouveau vivant. Et puis c'est au suivant de se confesser.

Je lis les infos sur des agriculteurs qui ont ingurgité des pesticides pour protester contre la destruction de leurs gagne-pain après l'invention par Monsanto de plantes dont les graines sont programmées pour se suicider – des semences qui meurent après chaque plantation. Je lis ce qu'on dit de Mohamed Bouazizi, le vendeur de fruits tunisien qui a inauguré le Printemps arabe. Je lis ce qu'on dit des moines qui se sont immolés pour protester contre la violence de leur gouvernement. J'écoute l'album de Rage Against the Machine, celui avec le moine en feu sur la pochette.

Ce que je ne parviens pas à lire, c'est l'article sur les gens qui se sont brûlés vifs à Chicago. Dans l'est du Texas. En Grèce, ou en Israël, ou en Bulgarie, ou en Pologne, ou en Inde, ou en Chine, ou en Arabie saoudite, ou –, ou –, ou –.

Maman est au volant de cette boîte grise qui pour nous fait office de berline. On rentre de l'hôpital, où je viens de faire mon rappel pour ces trois sorcières, Tétanos, Diphtérie et Coqueluche. Ça ne m'a pas fait mal mais j'ai pleuré quand même, en souvenir de quand j'étais plus jeune et que mes pleurs parvenaient à m'obtenir tout ce que je voulais – ça me manque. Sur le siège passager, papa fredonne un air populaire qu'il massacre, un truc qui, fut un temps, aurait pu être un classique du rock'n'roll, si le groupe avait souffert d'une laryngite et été en proie à l'aphasie, et s'il s'était aussi décidé à changer la mélodie. Moi je suis sur la banquette arrière, levant les yeux au ciel dès qu'ils disent un truc, une habitude ces derniers temps. Maman porte sur son visage une certaine fatigue, comme si ça faisait des mois et des mois qu'elle n'avait plus fermé l'œil, à tenter de résoudre une équation impossible. Au moment où papa en arrive à l'apogée de la chanson, « *après en avoir parlé avec toi / j'ai su que c'était un rêve...* », elle tourne à angle droit pour nous lancer dans la circulation, comme si de rien n'était, mains à dix et quatorze heures sur le volant, et on se fait tamponner le flanc par une bande de jeunes qui viennent d'avoir le permis, Jimmy Eat World à fond dans les baffles. Elle est projetée contre la vitre, un seul choc, violent. Sa tête contre le verre fait un bruit net qui couvre presque celui du froissement de tôle. Pas de sang, on est juste un peu secoués, le genre de choses dont on se souviendrait à peine s'il n'y avait pas tous ces cris. Papa se met en colère, comme quelqu'un qui jouerait le rôle du père à la télé. Les gosses dans l'autre voiture sont en pleurs, surtout quand ils me voient, douze ans mais petit pour mon âge, en paraissant davantage huit bien tassés. Dans la mesure où l'accident n'est pas si grave, il calme les jeunes d'un blâme adressé du bout du doigt, avant l'échange de papiers pour l'assurance. On retourne voir le médecin pour me faire ausculter. Aucun signe de traumatisme ni rien d'anormal. Je ris bêtement quand le médecin fait une grimace. Tout le monde est soulagé. Maman est fatiguée ; mais bon, tout la fatigue ces jours-ci – la tristesse bouffe lentement sa sérotonine et ses nouveaux médicaments n'ont pas encore rétabli l'équilibre. Elle s'allonge dans le canapé en me prenant dans ses bras, quand bien même je suis trop grand pour ça désormais. On s'endort paisiblement un instant, dans ce lac de confection humaine, jusqu'à ce que je commence à avoir faim et veuille manger quelque chose. J'ai envie de bonbons et de pâtes de fruits. Je veux ces trucs sucrés que les autres gamins ont le droit d'avoir au goûter. Je pleure comme un bébé mais elle n'est plus là. Quand personne ne vient me réconforter – quand je comprends qu'il n'y a plus personne pour qui pleurer –, je vais me préparer un sandwich au beurre de cacahuètes. Papa rentre du boulot juste avant la tombée de la nuit, et c'est seulement à ce moment-là qu'on se rend compte que maman a vidé son placard et que la berline cabossée a disparu de l'allée. Avant même qu'elle soit partie, elle n'était déjà plus là.

En mettant dans des cartons la petite bibliothèque d'un homme récemment décédé, j'ouvre un vieux Virginia Woolf et découvre sur la jaquette intérieure une écriture manuscrite. C'est tout petit mais ça me saute aux yeux. Je bosse dans cet appart depuis plusieurs heures, à mettre tous ces bouquins dans des cartons, sachant que ce type est d'une certaine façon partout autour de moi… mais ce n'est plus tout à fait pareil, maintenant que j'ai vu l'empreinte fantôme de sa main, posée là. L'écriture en soi n'a rien de remarquable, n'a même rien à voir avec le texte – juste une liste d'achats à faire : poulet, œufs, chou, et des fleurs. Et donc, l'espace d'un instant, le voici qui revit, prêt à reprendre le cours de son existence. Pour préparer le dîner, un dîner quelconque parmi tant d'autres.

Dans les chiottes comiquement étriquées en sous-sol de ce bar gay de Bushwick, je fais face à mon visage dans le miroir et c'est à peine si je reconnais la personne qui me fixe. Je viens de me faire une ligne sur le poignet d'un inconnu, après quoi il a joui par terre comme un chien. Il a vaguement marmonné un merci avant de se tirer, littéralement quelques secondes après avoir éjaculé, et je me retrouve désormais seul ici. À me sentir plus vide que jamais… ce qui est tout bonnement impossible. L'hyperbole est une façon d'être au monde qui m'a toujours convenu – le drame est mon cousin préféré. Un tube récent filtre par le plancher en patchworks sonores rendus méconnaissables, et les gens qui font la queue pour accéder aux toilettes essaient de se faire entendre par-dessus le boucan. Quand je me rince la bouche, je me retrouve face à moi-même, baigné d'une rougeur non-naturelle due au filtre de la lumière, et surpris par cette personne qui me renvoie mon regard. Et qui n'est pas *pas* moi mais qui, pour autant, n'est pas moi non plus. Un réplicant. Mon corps colonisé par une autre créature. Une personne de rien du tout. La mocheté que me confère la faim. La peau qui repose bizarrement sur les pommettes, les contorsions qu'afflige à ce masque le plaisir tout juste évaporé. Bien plus en sueur que je ne l'aurais cru, avec une hantise plus prononcée derrière les yeux, comme si un animal y était pris au piège. Alors je fais ce que je peux pour reprendre le contrôle et forcer un sourire sur ce visage, rehausser les sourcils et retrouver un air plus avenant, avant de les laisser retomber et de déverrouiller la porte.

Une bande d'idiots, des gamins, ont peint à la bombe des croix gammées dans le cimetière, derrière notre synagogue, et voilà que la ville tout entière se rassemble pour défiler contre la haine. La haine : je ne peux imaginer plus vague concept ; ça a moins de sens encore que l'amour. Tout le monde est bien sapé pour l'occasion, et je ne pourrais me sentir plus éloigné de tout ça, moi. Je suis sûr à soixante-quinze pour cent que je connais les jeunes qui ont fait ça, avec des bombes achetées dans la quincaillerie de la ville, qu'ils sont ensuite allés recycler dans les poubelles adéquates. Je suis quasi certain à cent pour cent qu'ils n'ont rien d'Antisémites ni quoi que ce soit. Ils avaient juste envie qu'il se passe un truc. Parfois la vie dans une ville de banlieue devient si morne que de parvenir à faire bouger quelque chose relève de la réussite. Le temps avance au pas, prévisible et lent tel un os qui guérit mal, et parfois tout ce qu'on a envie de faire c'est d'allumer un feu pour voir ce qui va brûler ou se briser. Après le défilé, une personne après l'autre monte les marches de la bibliothèque municipale pour prendre la parole, chacune semblable à une haie bien taillée. Chacune étant prête, une urgence flamboyant dans le regard, à ouvrir la voie pour qu'en tant que communauté nous puissions *surmonter cette haine*. On devine, à la droiture de leur posture, le sens de la mission que cela leur confère, et moi ça me rend malade. Sachant que dans ma classe il y en a qui n'ont même pas les moyens de se payer la bouffe dégueulasse de la cantine, voyant toutes ces bombes tomber à la télé sur Bagdad comme si c'était une sorte de parade ; c'est ça, la cause que choisissent de défendre mes voisins – leur grand cheval de bataille –, se dresser contre des gribouillages d'enfants ? J'en viendrais presque à regretter de ne pas les avoir profanées moi-même, ces tombes. En fait, je suis presque tenté de me lever sur-le-champ pour avouer. Après cet événement, je me mets à en dessiner dans mon cahier, je n'arrête plus, ces fenêtres brutales qu'on ne termine pas, ces petites boîtes mortifères qu'on reçoit en héritage, désireux de déclencher quelque chose, n'importe quoi ; alors je remplis des pages entières avant de les déchirer en lamelles illisibles, et d'en jeter les confettis en l'air, puis de recommencer.

Un homme installe son télescope sur un carrefour abandonné à la sortie de la ville où se trouve ma fac, et il laisse quiconque passe par là y jeter un œil. C'est un bon télescope, quasi professionnel. L'homme n'est pas affilié à l'université mais il habite ici ; c'est un amoureux des étoiles qui chaque semaine pose son appareil, et si vous connaissez quelqu'un qui, ou connaissez quelqu'un qui connaît quelqu'un, ou alors si vous passez vous-même dans le coin, vous pouvez tout simplement zyeuter dedans. Ce soir, par l'étroite ouverture, si je place correctement mon œil je peux voir la surface anguleuse de la planète Mars. Planète-désert. Notre propre avenir d'orange brûlée. Il nous raconte la théorie en vogue, selon laquelle Mars était jadis comme nous jusqu'à ce qu'une catastrophe se produise, et que toute forme de vie y ait été brûlée et entièrement consumée à sa surface. Je n'arrête pas de tomber sur les rapports – une centaine d'années, cinquante ans, trois ans tout au plus –, pour renverser, réviser, changer, deviser, révolutionner nos moyens de penser les plus élémentaires, un changement de paradigme sans précédent. Panneaux solaires, captage carbone, et patati et patata. *Nous sommes en train de perdre*, je m'évertue à penser, tandis qu'autour de moi les gens prétendent que la science nous sauvera. Le *nous* en question, tout ce qui respire. Je me tourne vers ceux qui contrôlent les corps qui contrôlent la science, quel intérêt y a-t-il à survivre et à qui profitera cette survie ? Dans les films, les gouvernements mondiaux unissent toujours leurs forces pour stopper la météorite, mais dans la vraie vie les hommes politiques parlent d'*angoisse existentielle* et continuent de s'accorder en coulisses sur le prix du maïs et du pétrole. Elle est belle, la planète qui ballotte là-haut comme une pomme morte et rougeoyante flottant dans un grand lac noir. Impression de percer le temps de mon regard jusque dans le futur, le télescope plongeant dans un miroir, lui-même plongeant dans le temps. Un avenir qui n'en est pas un du tout, qui défie l'esprit qui tente même de le penser, son inévitabilité linéaire, notre propre personne oblitérée dans la précision de cette lentille de verre convexe. Des cosmos se mettent à vriller autour de moi, comme ils font chaque fois que je perçois notre place véritable en eux, planètes et galaxies découpées par les câbles de téléphone, et voici que je vrille à mon tour, je m'effondre, renversant le télescope pour ne plus me réveiller qu'après ce qui me paraît un siècle, l'ombre d'une silhouette penchée sur moi qui me dit, *Ça va aller, fiston – ça va aller tu vas voir.*

Le colis arrive la semaine qui suit dans une enveloppe kraft dotée de trois timbres. Les timbres sont chacun décorés d'un drapeau israélien, valables à vie, achetés et dûment payés. *Beurk*, je me dis. Sur l'enveloppe se trouve un sceau en cire d'antan, le symbole dessus ressemblant vaguement à une chèvre. À l'intérieur de l'enveloppe : un petit échantillon d'eau dans le même genre de pochette en plastique souple que celles pour le lubrifiant gratis, qu'on distribue dans les bars ou les cliniques.

J'envoie un SMS à mon père, *bien reçu ton lubrifiant divin...* Il répond : *Ezra meyn ingel, meyn boychick, passes-en dans tes cheveux, comme ça tu ne les perdras pas. Et puis peut-être qu'après tu pourras partager sur les réseaux.* Je cours vérifier mon front dans le miroir. Enflure. Tout est toujours OK, à moins peut-être que mes cheveux prennent naissance un demi-centimètre plus loin qu'avant, selon l'angle de la lumière ? Et merde, ma beauté n'aura pas fait long feu.

Je n'y pense plus pendant une semaine, jusqu'à ce que je remarque la pochette dans la coupelle en céramique où je dépose mon courrier et mes clés. Je l'ouvre en l'arrachant entre mes dents et m'en sers pour arroser la plus triste de mes plantes grasses, un aeonium rouge que j'ai baptisé Julianne Moore et qui ressemble à un œil géant et humide. Julianne Moore ne pousse pas plus vite pour autant, ni ne meurt de façon soudaine. Elle poursuit sa vie de plante grasse et continue à dispenser ses petits miracles – à transformer la lumière en nutriments, à respirer le carbone, à vivre malgré l'absence flagrante de raisons.

Pour Pessa'h, nous faisons toujours la route jusque chez la mère de maman dans l'Upper West Side. La Haggada ici est plus activiste que religieuse, et le rituel inclut souvent le chant de negro-spirituals et d'autres chants contestataires datant de l'époque des droits civiques, dépourvus de nuance ou d'analyse. Une bande de Blancs assis autour d'une table jonchée de plats chinois à emporter, préparés sans levain, qui donnent de la voix en vue de rompre les chaînes de l'esclavage. Le plateau du Séder est l'une des rares choses que nous faisons nous-mêmes. Les chants que j'ai appris en camp me sont bien utiles, toutes ces histoires qu'on se raconte et se re-raconte comme si elles étaient les nôtres.

L'appartement est composé d'une seule pièce, suffisamment grande toutefois pour qu'à neuf nous puissions tenir autour de la longue table en chêne. Les murs sont ornés d'estampes réalisées par des artistes soviétiques agit-prop, des visages rouges et souriants qui mangent du maïs et brandissent une faucille, tandis qu'un Marx d'inspiration pop-art plane paternellement sur la table, bizarrement à son aise dans la dorure de son cadre bourgeois. Mes grands-parents sont là, papa et moi, mon grand-oncle Charlie et ma grand-tante Ruth, accompagnés de leurs enfants adultes, qui même lors d'une occasion plus ou moins formelle comme celle-ci portent un t-shirt à l'effigie d'un groupe et un jean troué, ce que, selon papa, ils peuvent se permettre de faire uniquement parce qu'ils sont pétés de thune. Tous ont commencé à s'éloigner après que maman a disparu (trop de tristesse à affronter – d'abord la mort de son frère, à maman, puis le fait qu'elle ait mis les voiles comme ça), mais si d'aventure quelqu'un un jour songeait à aborder le sujet de manière frontale, ils nieraient et se mettraient sur la défensive, alors on ne dit jamais rien. C'est la seule fois de l'année où nous les voyons.

Je suis le seul à apporter quelque chose, des meringues aux pépites de chocolat. Comme toujours, on se lave mutuellement les mains dans le même récipient, ce qui me paraît moins hygiénique que si on ne faisait rien du tout. Avant de pouvoir manger, Grand-père se lance dans le récit de Herschel, son père. L'histoire varie toujours un peu, mais se présente plus ou moins comme ça à chaque fois :

> En Russie, très tôt dans la révolution, Herschel avait tenté de syndiquer les ouvriers de son usine. Tellement qu'il était apprécié, Herschel, un monument à son effigie a été érigé dans la ville. Une statue de bronze, près des quais le long du fleuve, de l'homme qui tient dans ses mains un savon comme on tiendrait une pierre. C'est devenu légendaire là-bas, la façon dont il s'est opposé au propriétaire de l'usine avant de mener les ouvriers armés de torches jusqu'à une rangée de belles maisons, où ils se sont mis à brûler quelques-unes des fortunes à l'intérieur. Il a dû fuir pour l'Amérique avant de subir des représailles, laissant là sa femme et sa fille – des graines prêtes à germer dans ce vieux pays. Si nous sommes ici, nous le devons tous à son sacrifice, et nous ne pouvons que nous lamenter de n'avoir jamais rencontré un homme de la trempe de Herschel.

Mais s'il était si courageux que ça, il serait resté – voilà ce que je me dis chaque fois que Grand-père raconte cette histoire. Et rien de ceci n'aurait jamais dû s'ensuivre.

Mon tout dernier été sur terre, et tout le monde joue à Pokémon Go. On voit les gens marcher à plusieurs dans les rues, visages rivés à leur téléphone, ce qui en soi n'est pas neuf, sauf que dorénavant ils s'en servent pour regarder le monde. Les concepteurs du jeu ont fait en sorte que chaque recoin de la ville grouille de ces monstres invisibles. Un jeu mobile de réalité augmentée, voilà comment ça s'appelle, et c'est précisément ce que c'est, un jeu qui peuple la ville de créatures numériques. Sous ce banc à Union Square, il y a un Rattatac. À côté de vous sur la ligne J pourrait très bien se trouver un Ramoloss jetant par la vitre un regard tristoune. Au sommet de l'Empire State Building, un Roucool pose à côté de vos proches, sourire au bec comme seul un oiseau-monstre dans un dessin animé peut en afficher. Des groupes d'amis avancent en meute, regards fixés aux écrans pour tenter de débusquer de rares Pokémon planqués parmi nous, dans la ville, invisibles à l'œil nu. *Le gang des trouducs en goguette*, marmonne une vieille dame à côté de moi, dans le parc. Le jeu peut faire office de métaphore pour tout un tas de trucs, en vrai – n'importe quelle maladie latente, une sous-culture, l'histoire –, tout ce qui pourrait être planqué hors de la vue.

Ne souhaitant pas me sentir totalement exclu, j'achète le jeu et l'ouvre, allongé nu sur mon lit sous le bourdon alchimique du ventilo au plafond. Après le rapide tuto, au gré duquel je conçois mon avatar afin qu'il me ressemble vaguement, en un peu plus butch toutefois, et que je baptise Gwendolyn, le jeu se lance et j'ouvre le viseur pour regarder autour de moi. Je suis horrifié par ce qui apparaît à l'écran. Ma chambre en est remplie. Il y en a littéralement des dizaines, regroupés là autour de moi, sans qu'aucun ne ressemble vraiment aux Pokémon que j'ai déjà pu voir jusqu'ici, mais davantage à des gens normaux, qui portent toutes sortes de vêtements étranges, et se contentent de me fixer. Je pivote de trois cent soixante degrés en les regardant me regarder. Dans leurs capes, leurs perruques, leurs corsets, leurs guenilles, leurs tuniques. Aucun ne bouge ; ils me fixent sans ciller, leurs yeux suivant le mouvement de l'appareil photo. Ma respiration se fait courte, aussi peu profonde qu'une tombe creusée à la petite cuillère, et mon regard va et vient, de manière effrénée, de l'écran du téléphone à la chambre. Tout près de moi se trouve un petit garçon couvert de suie, un enfant ayant vraisemblablement connu un labeur indicible, de grands yeux comme ceux d'une créature de dessin animé, un cousin à moi si ça se trouve. Je tends la main pour essuyer la poussière sur sa joue, et m'aperçois, à l'écran, que ma main passe à travers son visage pitoyable ; il a un violent mouvement de recul et s'agrippe la tête, comme si je venais de lui faire mal. Je recule à mon tour, tout aussi rapidement, comme heurté par ma propre violence involontaire. Rien à foutre de ce truc. J'empoigne mon téléphone et de lente panique balaye l'écran vers le haut, pouce maintenu appuyé en vue de supprimer ce jeu une bonne fois pour toutes.

Je demeure incapable de m'ôter de l'esprit leur présence ici, à mes côtés – je me déplace lentement dans l'appartement désormais, me déshabille sous une serviette, leur demande s'ils valident mes tenues, fais semblant de les entendre rire aux blagues que je raconte pour cette chambre vide.

Ce n'est pas un hasard si je rejoins le club des 27, quoique ce soit un peu gênant d'admettre que je le rejoins de manière volontaire. Dans ce groupe – Basquiat, Winehouse, Morrison, Cobain, Hendrix, Joplin –, c'est Morrison que j'aime le moins, ce qui veut sans doute dire que lui et moi on a le plus de choses en commun. Enfin pas la course aux jupons, ni l'alcool ou les futes en peau de serpent. Mais peut-être cette façon présomptueuse de traverser le monde, la médiocrité de nos poèmes, la coupe de cheveux rebelle. Je me demande combien de suicidaires, parmi les artistes notamment, mijotent de tirer leur révérence en fonction de ce nombre. Plus jeune que l'âge du Christ, plus vieux que Rimbaud quand il a cessé d'écrire. Coup de bol en ce qui me concerne : je n'ai jamais fait de musique publiquement, n'ai jamais tenté de laisser mon « empreinte » sur le monde, pas vraiment – je n'imagine même pas à quel point ce serait gênant. Il n'y a pas plus gênant que l'art, et si ça ne se voit pas au premier coup d'œil, il suffit d'attendre quelques années et ça saute aux yeux. Quelqu'un pourrait m'accuser de vouloir faire un coup de pub, et cette personne n'aurait pas tort, mais serait bien embêtée si on lui demandait pour quoi au juste. Une chance de survie ? La tristesse incarnée ? Le renoncement à mes deux poumons dans l'espoir que ça puisse donner à quelqu'un d'autre davantage d'air pur à respirer ?

Quand on n'avait plus d'herbe sous la main, que les placards où les bouteilles étaient rangées étaient vides et que personne n'avait sur soi ses faux papiers, après avoir sifflé tout ce qu'il y avait d'un tant soit peu élaboré dans les armoires à pharmacie de nos parents, trop nazes pour nous aventurer Cité D en quête d'autres cachetons, tout ce qu'il nous fallait, c'était un peu d'essence et un chiffon. Et ça, ça se trouvait un peu partout. Tu n'avais qu'à sniffer et tu avais ensuite l'impression de voler dans une éponge chimique. Une très légère nausée, mais après il y avait une petite lumière qui clignotait et venait se caler pile-poil sur la musique qui passait à ce moment-là. Comme un phare planté dans le crâne, tout comme un phare, vraiment. C'est ainsi qu'on faisait, un peu d'essence sur un bout de tissu et puis tu inspirais le tissu tout entier, et le sentais pulser dans ton système nerveux. Le système nerveux, soit il marche pour toi, soit contre. Comment on dit déjà ? Bizarrement exposé. Explosé, plutôt. J'aimais bien ça, moi. La première fois, on était au sous-sol, encore en chantier, auquel le garage de la mère d'Edwin donnait accès ; c'est là qu'elle conservait le bidon d'essence pour leur groupe électrogène. Il a imbibé le centre du chiffon puis l'a tenu sur ma bouche en me disant *inspire.* J'ai inspiré. Son autre main appuyait sur ma nuque. Je me suis fait avaler tout cru par la sensation. Je n'ai pas tourné de l'œil ni quoi que ce soit, mais je me suis complètement ramolli et l'ai laissé faire tout ce qu'il voulait. J'ai fait semblant que c'était la drogue qui m'ouvrait comme ça, sauf qu'évidemment il s'agissait simplement de l'ouverture de ma propre (d)échéance – rien qu'un masque derrière lequel devenir mon vrai moi jusqu'à plus soif.

Maman ne remet les pieds à l'appartement qu'à quelques reprises seulement, et à chacune de ses visites elle semble de moins en moins présente. Je suppose qu'elle agit par sens du devoir, un sens hérité, parce que *c'est ce que fait une mère*, traîne son corps jusqu'ici, à la table en métal de la cuisine, pour bricoler deux-trois trucs, regard hébété fixé sur la cage de son ancienne vie. Chaque fois, les signes de sa présence dans l'appart diminuent jusqu'à ce qu'il devienne quasiment impossible de deviner qu'elle y a un jour vécu. Son image disparaît même des cadres photos, son portrait progressivement remplacé par d'autres clichés. Toujours une nouvelle coiffure et un objectif précis, récupérer son manteau de fourrure ou signer des papiers, et à chaque fois elle fait comme si tout allait bien – me raconte des anecdotes sur sa vie. Il y a ce nouveau type à Taos avec qui elle ouvre une galerie d'art avec son carré asymétrique. Elle part vivre un an dans une ferme solidaire du nord de l'Oregon pour récolter des prunes bio avec sa frange effilée. Elle s'installe à Detroit chez un couple pour rénover une vieille maison – elle me montre des photos de la maison et du couple en question avec sa boule à zéro. Ses visites s'éloignent de plus en plus jusqu'à ce qu'elles cessent purement et simplement, comme ses appels, jusqu'à ce que nous abandonnions, chacun de nous, le script dont nous avons hérité et acceptions plutôt la vie telle qu'elle s'offre à nous.

Ma dernière année est aussi la dernière pour de nombreux rongeurs au nom charmant :

Bettongia anhydra, Conilurus capricornensis, Dusicyon avus, Leporillus apicalis, Melomys rubicola, Notomys robustus, Pennatomys nivalis, Pipistrellus murrayi, Pseudomys auratus.

De très nombreux oiseaux également :

Acrocephalus luscinius, Acrocephalus musae, Acrocephalus nijoi, Acrocephalus yamashinae, Aegolius gradyi, Akialoa ellisiana, Akialoa lanaiensis, Akialoa stejnegeri, Alectroenas payandeei, Aplonis ulietensis, Bermuteo avivorus, Chenonetta finschi, Coenocorypha barrierensis, Coenocorypha iredalei, Colaptes oceanicus, Columba thiriouxi, Dryolimnas augusti, Eclectus infectus, Foudia delloni, Hemignathus lucidus, Himatione fraithii, Loxops wolstenholmei, Nesoenas Cicur, Nyctanassa carcinocatactes, Pipilo naufragus, Porphyrio paepae, Prosobonia cancellata, Pyrocephalus dubius, Tachybaptus rufolavatus, Tribonyx hodgenorum, Zosterops conspicillatus, Zosterops semiflavus.

Et ne me branchez pas sur les insectes.

Nos noms sonnent presque comme des sorts qu'on jette à mesure qu'ils nous quittent.

Dans une version de ma mort, on me lève de mon lit d'hôpital et je suis transporté par cette vaste et bourdonnante rivière d'oiseaux, de rats et d'insectes. Aucun de nous ne fera plus jamais parler de soi.

Voici ce qu'il se produisit dans une petite ville en périphérie de ce qui se nomme désormais Minsk. Là, un garçon s'était installé pour suivre les enseignements dispensés dans une yechiva, où il passait toutes ses journées à lire. Toutes ses journées, le garçon les passait en grande conversation avec des intellectuels morts ; toutes ses journées, il les passait à transcrire uniquement des paroles déjà prononcées. Mot à mot, leur langage transitait par sa main. Il s'entourait du vocabulaire des hommes les plus saints. Il se faisait, après tout, apprenti de la sainteté. Chaque jour, entre le dortoir et l'école, il passait devant un garçon d'environ le même âge que lui, qui mendiait sa nourriture. Ce garçon était en tout point semblable à lui, à ceci près qu'il était débraillé et suspendu à la faim qui ne lui laissait guère le temps d'étudier le langage. Chaque jour, le jeune érudit passait devant cet autre garçon et à l'occasion lui offrait un quignon de pain. Cette histoire ne se termine pas ainsi que vous l'aimeriez. Le petit mendiant n'était pas un dieu à l'affût d'une leçon critique à dispenser ou d'un statut à accorder. Non. Un jour, tandis que le jeune érudit se rendait à l'école, le mendiant sortit un couteau et lui trancha la gorge d'une oreille à l'autre avant de prendre la fuite avec le peu d'argent qu'il avait sur lui et son sac de nourriture. Les papiers du garçon assassiné furent emportés par les vents et soufflés jusque dans les rivières et les branches d'arbres, où ils papillonnèrent telle une frondaison neuve. Plus sainte que toute écriture, cette leçon nous apprend ce que n'importe quel seigneur se refuse à faire quand les autres n'ont rien.

ERICKA : tu vas bien ?

EZRA : Bien bien.

EZRA : Assez bien.

EZRA : Ai connu plus bien mais moins bien aussi.

EZRA : Bien triste. Mais bon débarras, tu vois ? Toi ?

ERICKA : #pareil

Je fais une ville avec mes mains. J'y place des anges et peuple les immeubles de télévisions.

L'amour fait partie de ces choses qui vous tombent dessus, comme une éruption cutanée, un accident de voiture ou un radis pourri. Mon existence fait davantage sens à partir du moment où j'accepte ce fait aussi simple qu'irréfutable. Je rencontre Arnold vers la fin de mes études. Ça fait quelques années qu'on se suit mutuellement sur Tumblr, partageant tous deux le même intérêt pour l'ésotérique et la mode des années 90, mais nous n'avions jamais percuté que nous vivions dans la même ville jusqu'à ce qu'il poste une photo d'un *patty melt* dans un restau du coin devenu iconique. De dix ans mon aîné, Arnold est resté dans les parages après l'obtention de son diplôme ; c'est ici qu'il construit sa vie. Pas vraiment ce qu'on pourrait appeler une *erreur de lancement*, puisqu'il s'est dégoté un vrai job et bosse pour une asso locale. Il vit au rez-de-chaussée d'une vieille victorienne bleue à l'orée de la ville. Moi je termine mes études de lettres et n'ai rien d'autre à faire, alors quand je mentionne, au cours de notre troisième rencard dans l'unique bar plus ou moins gay de la ville, que je dois quitter la résidence universitaire à la fin du mois, il me propose d'emménager dans cette vieille maison bleue avec lui. Quand le mois touche à sa fin, je le prends au mot et c'est ce que je fais.

C'est une façon intéressante d'apprendre à connaître quelqu'un, découvrir ainsi sa vie de l'intérieur. On se débarrasse des faux-semblants et de toute mise en scène. Votre première nuit ne sera pas encore finie que vous devrez tous les deux aller aux chiottes, chausser votre protège-dents et appliquer vos divers soins de nuit plus chiadés les uns que les autres. Il est rapide et discret pour faire tout ça, ferme la porte à clé, met de la musique sur son téléphone pendant que moi je garde la porte entrouverte quand vient mon tour, toujours habitué aux sanitaires collectifs de la résidence U.

Arnold est chauve, avec une petite moustache – on dirait le bonhomme du Monopoly en plus baraque. Ça semble être un homme bien, accent sur homme ; je veux dire par là qu'il se comporte vraiment en adulte. Il porte des chemises rayées amidonnées qu'il boutonne jusqu'en haut, jusqu'au cou marqué par le feu du rasoir, avant de rejoindre dans sa Subaru Impreza argentée l'asso à but non lucratif où il bosse, dans l'aide sociale à l'enfance. Il est propriétaire de sa maison, organise des dîners, a un plan d'épargne-retraite. La nuit où j'emménage chez lui est la première que je passe vraiment avec Arnold ; avant ça, on ne faisait que nous tripoter dans sa caisse, comme deux gamins. Il déboutonne sa chemise et la plie parfaitement comme pour la remettre en rayon dans la boutique, et la glisse dans le sac qu'il réserve aux vêtements pour le pressing. *Un vrai psychopathe*, je me dis. Quand on baise, je devine qu'il s'imagine me faire l'amour ; tout passe quasiment par le regard, comme si le fait de me regarder dans les yeux pouvait en soi être un genre de pénétration – ce qui bien sûr peut être le cas, mais pas ici. Je l'accepte en moi, jambes grandes écartées – à la façon dont on prendrait dans ses bras un oncle éméché –, sous les rideaux beiges achetés au Pottery Barn, qui volètent dans une trombe noire de vent pour révéler une pleine lune excessivement enflée. Je ravale un rire : comment ceci a-t-il pu devenir ma vie ?

La vie ici est assez simple et méticuleusement orchestrée. Comme vivre dans un musée en quelque sorte, ou être l'invité longue durée chez le parent fortuné d'un ami. Aux murs sont accrochées diverses répliques de masques indigènes, qu'Arnold a ramenées de ses nombreux voyages. Il y a une vitrine dont la seule fonction est d'exposer des figurines de verre, comme chez une grand-mère ou dans cette pièce de Tennessee Williams que je n'ai jamais vue mais qui est devenue canonique, gay, et résolument triste. Je dispose pour mes affaires des deux tiroirs au bas d'une commode, pas plus ; ce qui me convient très bien, n'ayant jamais vraiment été le genre à me trimbaler tout un tas de choses, ou du moins n'ayant jamais vraiment eu l'occasion d'en accumuler.

Notre petite vie, à Arnold et moi, est plutôt sympa. Je me fais facilement à mes tâches domestiques. Je cuisine déjà pas si mal et j'apprends désormais à faire correctement le ménage. Il aime me voir porter un tablier sans rien en dessous. C'est un petit numéro rigolo entre nous, jusqu'à ce que ça fasse de plus en plus partie de ses attentes – le petit tablier noir qu'il pose sur l'îlot dans la cuisine quand c'est l'heure –, et alors ça devient une tâche comme une autre, à laquelle je m'adonne en me disant que c'est le prix à payer pour mon loyer.

Seul dans la maison une bonne partie de la journée quand Arnold bosse, je passe des heures à tout ranger et re-ranger, pour que ce soit nickel. La plupart de mes amis se sont trouvé du boulot dans des grandes villes, ou alors dans des bourgades plus sympas que celle-ci, mais la poignée de ceux qui sont restés passent de temps en temps prendre un verre sur notre porche tandis qu'Arnold lit un bouquin à l'intérieur. Petit à petit, toutefois, eux aussi cessent de venir, ne parvenant pas vraiment à kiffer cette nouvelle putain de vie adulte. Eux, ce qu'ils veulent, c'est faire des conneries débiles, se pointer et prendre toutes les mauvaises décisions – le genre de trucs que je comprends et dans quoi il m'arrive de vouloir me vautrer.

Papa est trop occupé ces jours-ci à lever des fonds pour la nouvelle synagogue et il n'a pas le temps de passer me voir, alors je lui envoie des photos de notre petite vie ici. Je n'ai pas envie que ces photos lui paraissent trop mises en scène, mais je veux qu'on puisse voir que c'est un lieu de vie, alors je froisse la couverture, détache les rideaux, change quelques plantes de place. *Jolies fleurs*, répond-il en voyant la photo du bow-window qui donne sur le jardin de la voisine, dont je n'ai jamais dit qu'il était à nous, mais je ne le corrige pas pour autant.

Le dimanche on s'affale sur la méridienne pour écouter des disques et remuer dans tous les sens comme deux andouilles. Parfois, je me lance dans une danse visant à interpréter un vieil album soul, ce qui le fait marrer tandis qu'il filme la scène sur son téléphone. À d'autres moments, il se met à passer de l'opéra auquel je ne connais que dalle, et on reste assis sur le canapé sans rien dire, à l'écoute des divers mouvements de l'œuvre. Au moins une fois par face, la contralto ou la mezzo-soprano se met à chanter une tristesse infinie, qui enfle jusqu'à emporter cet homme à mes côtés, et voilà qu'il se met alors à sangloter et à trembloter là, sur le canapé. Je fais de mon mieux pour inventer l'histoire dans ma tête, mais même quand je suis bredouille, cette énergie à elle seule suffit à ce que je me mette à chialer avec lui, la façon avec laquelle une note bien sentie résonne dans les aigus et peut aller faire voler en éclats un verre à l'autre bout de la pièce. Et je me surprends à pleurer, non pas à cause de l'opéra en soi, mais de cet homme à côté de moi, qui laisse cet opéra tout entier traverser sa grande carcasse tremblante, tel un train emportant des animaux dans la nuit.

Des anges dans la ville et peuple les immeubles –

Ça fait quelques mois qu'on est ensemble quand je rencontre sa demi-sœur Constance ; elle vient d'Hartford pour lui rendre visite, et pendant tout le repas elle refuse de poser les yeux sur moi, comme si j'étais une sorte de petit-fantôme qui pourrait disparaître à force d'être ignoré. On prend place à table tous les trois, et ils passent leur temps à évoquer des gens dont je n'ai jamais entendu parler : membres de la famille, activistes célèbres, philosophes morts. Je ne reconnais aucun de ces noms. Arnold a rôti un poulet en crapaudine avec des navets. Je m'efforce de sourire avec eux quand ils sourient et j'attaque mon bout de volaille. Je demande à Constance de me passer la sauce, mais je ne parle peut-être pas assez fort, et dois par conséquent me contenter de manger mon poulet sec et sans sauce. Je suis censé être « le colocataire », me dit-il peu avant qu'elle arrive sans m'offrir la moindre explication.

Après qu'on a fini de manger, elle braque pour la première fois son attention sur moi. *Bon et toi alors*, demande-t-elle, *tu parles au moins ?* Sans doute pas la façon la plus cordiale de s'adresser à quelqu'un ; j'ai soudain l'impression de me tenir devant un juge dans un pays dont j'ignore la langue.

Euuuh. Pas grand-chose. Je veux dire, oui je parle. En fait, je lis un bouquin sur les champignons en ce moment et, euh, je cherche du boulot.

Un silence nous suit jusqu'ici et se pose sur la table comme une nouvelle volaille fendue en deux. *Super, Arnold*, dit-elle en levant les yeux pour leur faire faire le tour de la maison, *surtout ne change rien.* Je ne sais pas trop comment je dois le prendre, mais je vois bien que j'ai fait un truc qu'il ne fallait pas. Un peu plus tard dans la soirée, je songe à lui poser la question après qu'il a giclé en moi, mais quand je trouve enfin le courage de lui parler, il est déjà endormi.

Contre le gré d'Arnold, je me trouve un boulot pour passer le temps. Le seul job qu'on veuille bien me confier avec le manque d'expérience, d'intérêt et de motivation qui me caractérise, c'est vigile pour un entrepôt, la nuit. C'est à vingt minutes à vélo, dans un quartier désert et mal éclairé de la ville, où se situent plusieurs terrains commerciaux et garde-meubles. Je travaille dans un bâtiment ventilé et climatisé, loué à des entreprises privées pour qu'elles y stockent tout un tas de choses : fleurs, semences et matériel agricole, viandes réfrigérées. Certains box sont remplis de seaux entiers de pieds-d'alouette, de scabieuses, de roses et de zinnias ; dans d'autres, sont suspendues à des crochets des carcasses emballées dans du plastique.

Mon poste s'étend jusque tard dans la nuit et se termine vers l'aube, et entre deux rondes je m'assois à un bureau, où je bois du café brûlé. J'ajoute à l'occasion une goutte de whisky comme j'ai vu faire dans les films.

Le plaisir que je prends secrètement à faire ce boulot, c'est qu'en gros je suis payé à lire. Je jette un œil aux écrans de contrôle à intervalles réguliers, mais je passe l'essentiel de mon temps à revisiter les livres que j'ai lus au lycée et oubliés depuis. *La Chambre de Giovanni*, *Mrs Dalloway*, n'importe quel Salinger. Dans la mesure où il ne se passe jamais rien ici, hormis les rares fois où des ados se garent sur le parking pour fumer de l'herbe, je plonge dans les livres où l'ordinaire semble prendre des proportions épiques. Des livres qui m'aident à me rappeler de magnifier les menus détails peuplant chaque minute quelconque. Dans lesquels je peux m'imaginer en héros de ma propre petite histoire, le gars qui passe la tête dans des frigos à viande, qui promène sa lampe torche sur des pièces silencieuses remplies de composants électroniques du sol au plafond. Des livres où, même si tout ce que tu fais c'est t'occuper des fleurs, il va bien falloir que tu tombes sur un mort.

Régulièrement, Arnold invite des amis à la maison pour jouer à des jeux de société. Quand il ne cuisine pas lui-même, on se fait livrer une pizza ou un poulet frit. La plupart du temps, on joue à l'un de ces jeux de stratégie qui durent des plombes, dans lesquels il faut régler une situation, défendre un territoire, ou alors construire un chemin de fer. J'aime entendre résonner d'autres voix dans la maison. De temps à autre, lorsque la carafe de vin est vide et que l'un de nous a réussi à conquérir ce petit monde à plat, Arnold met un disque et on se tripote un peu. Je n'ai jamais fait ce genre de choses jusque-là, mais ça semble être un truc normal auquel s'adonnent les adultes. La première fois, je ne suis pas très sûr de moi, je ne sais pas trop comment utiliser mon corps au mieux, ni comment laisser mon corps être utilisé, mais j'apprends progressivement à aimer ça – devenir ainsi multiple, avec tous ces membres, comme si nous ne formions plus qu'un seul insecte frétillant là, sur le tapis gris. À d'autres moments, je sers de pont entre deux hommes, un filament humide éclairant l'espace qui les sépare. Ils ont toujours le même âge qu'Arnold, ou sont un peu plus vieux, et j'ai l'impression d'être accueilli quelque part, un club secret, à moins que ce soit ça, l'âge adulte. Il a rencontré la plupart de ces types sur des applis de rencontre il y a des années, et depuis ils sont devenus potes. Certaines nuits, ils restent dormir à la maison ; d'autres, ils partent aussitôt qu'on en a terminé. C'est sympa quand ce sont les mêmes amis, ça donne un petit goût communautaire, des voix familières dans la maison. Parfois on joue à un jeu dépourvu d'histoire. Ce sont ceux que je préfère, quand il faut redistribuer les lettres pour dessiner une langue commune, ou se rappeler le nom de stars de cinéma mortes depuis des lustres, voire la date à laquelle une guerre atroce a pris fin.

Je donne à cette ville un nom, je nomme cette ville d'après des anges.

Ce soir, les choses tournent vinaigre parce que je n'ai pas envie de quoi que ce soit après Les Colons de Catane. Arnold ne s'est jamais comporté comme ça jusqu'ici, mais il est furax. Noam est juif, pas très grand, quarantaine bien tassée, carrure plutôt fine mais avec de beaux yeux. Je sais pas trop ce qu'il fait. Il vient d'emménager en ville après un genre de rupture amoureuse et Arnold voulait lui faire passer un bon moment. Je veux dire ça va, il est pas si mal – j'ai connu carrément pire –, mais j'étais juste pas d'humeur à ça, et puis tout ça devient tellement prévisible. Ça va faire genre le huitième jeudi de suite qu'on est censés commencer par un jeu de société avec une bouteille de vin avant de se taper ce vieux disque d'Eartha Kitt pour un plan à trois, et franchement, je commence à me lasser.

Après avoir gagné la partie, Noam ne se sent plus, bombe le torse – un petit poisson qu'on remonte au bout de son hameçon sur le pont d'un bateau. Il se vante, le vin lui monte aux joues et je ne sais trop comment, de l'autre bout du canap il fait un bond et se jette sur moi, se pend à mon cou comme s'il en était encore à moissonner son blé. J'ai l'impression d'être emmailloté dans une couverture vivante. Je le laisse un peu faire d'abord, puis du fond de la gorge je lâche un son de dégoût avant de le repousser, de remettre ma chemise correctement et d'aller à la salle de bains pour reprendre mes esprits.

Mon visage flotte là dans la glace – subitement détaché du reste de mon corps, et ce que je vois, moi, c'est le gamin que j'étais sur les photos. Dans le salon, à mon retour, règne un silence inquiétant sous la musique, et Noam est en train d'enfiler sa veste bleu foncé ; il met les voiles. Il bougonne un truc bouillant à Arnold en secouant la tête. La porte se referme dans son dos, le disque touche à sa fin – *I am without my love*, chante Eartha, *(without my love)* –, et Arnold part dans une diatribe survoltée, un truc affreux.

Il n'arrive pas à croire que j'aie pu à ce point les embarrasser, lui et son ami. Noam a un mal fou à se faire des potes depuis qu'il a emménagé en ville, dit-il, et il s'attendait à ce que je me montre un peu plus chaleureux. C'est quand même pas la mer à boire. Je lui réponds que moi j'aime pas ça, avoir pitié des gens, c'est vraiment tout sauf sexy, et ce type puait la pitié à des kilomètres. Alors désolé (mais pas déso en fait), et je lève les yeux au plafond comme un gosse.

C'est nouveau, ça, entre nous ; en règle générale, quand il se fâche ne serait-ce qu'un peu, je ne moufte pas. Que je prenne ici la parole en dit long, mais il faut un moment avant qu'on puisse nommer ce que cette longueur signale. Au cours de cette pause, avant de donner un nom à ce qui se passe, Arnold paraît soudain faire deux fois sa taille et balance à l'autre bout de la pièce le plat avec ce qu'il reste de rôti. On ne bronche pas, le temps que le disque se termine et se dissolve dans le feutré des clics réguliers ; par terre, la sauce coule du plat sur le tapis gris acheté chez Pottery Barn. On reste tous deux plantés là dans ce silence pulsatile, et lorsque je ressens en moi les fibres du tapis s'imbiber de tout ce gras, dans un geste de supplication je m'élance pour nettoyer la sauce.

Il retourne le disque et la voix de la chanteuse souhaite aussitôt aller au diable – *I wanna go to the devil*, clame-t-elle. Il me demande si je veux qu'il me conduise à l'entrepôt, comme si de rien n'était. *Ça va*, je lui dis ; *je t'aime*, je lui dis, or même les petites veilleuses bleues sur la gazinière savent que c'est un mensonge. Quelques instants plus tard, je lance mon vélo sur la bretelle de la grande route, le goudron sous mes roues humide et brillant, tandis que je pédale vers une forme de sécurité.

Avant Arnold, je pensais qu'avoir le cœur brisé était la pire chose qui puisse arriver. Et j'ai donné, merci. Suis coutumier des affres dans lesquelles ça vous plonge, ai même appris à aimer ça, à me sentir chez moi dans ces bas-fonds.

Historiquement, l'amour a toujours été perçu comme un signe de folie. Les scientifiques disent que ça embrase la même partie du cerveau que celle qui réagit à l'addiction, aux opioïdes, à la lune. Arnold m'a toujours paru plutôt gentil. Évidemment, ça lui arrive de s'énerver – ça arrive à tout le monde de s'énerver de temps en temps ; ça va, il reste gérable. Jusqu'à, bien sûr, ce qu'il ne le soit plus.

Je me suis mis à boire dès la sortie de l'entrepôt, en pédalant d'une ville à l'autre, pas certain de comprendre comment ma vie est devenue ce qu'elle est, et c'est comme ça que j'en suis venu à picoler : pour régler certaines choses à l'ancienne, depuis l'intérieur gris terne de mon propre brouillard. Un bleu en forme de bouche est apparu dans mon cou à cause de Noam et ça me fait chier de devoir poser les yeux sur ce truc encore une semaine. De subir les blagues des uns et des autres et d'avoir à rigoler avec eux. J'achève une bouteille d'une boisson pas chère et transparente, puis une autre d'un truc plus foncé.

Quand je rentre enfin à l'appart, Arnold est assis raide comme un piquet dans le Relax en cuir, baigné par le demi-jour du matin, patient comme une rue au milieu des gratte-ciel. Son visage est étrange, collé sur le visage de quelqu'un d'autre. Son silence semble empreint d'une sorte de vide. Je me penche pour l'embrasser et ce que j'embrasse est un masque en caoutchouc. Je m'apprête à parler quand je l'entends susurrer *D'où tu me fais ça*. Il se lève et j'ignore au juste ce qu'il veut dire, mais je suis tellement crevé que j'ai juste envie de m'allonger. *D'où je te fais quoi ?*

Ce n'est que quand il me saisit par le cou que je réalise à quel point il est bien plus grand que moi, tandis qu'il me soulève à la façon d'une lionne qui chercherait à discipliner son lionceau, pour me traîner à l'autre bout du couloir jusqu'au placard où sont rangés impers et parapluies. Je suis assez bourré pour ne pas tenter de résister, quoique la pression qu'il exerce sur mon cou paraisse presque dangereuse. Une partie de moi aime se sentir tenue, même dans ces circonstances, un genre de stabilité dans ce monde étourdissant. Il me dépose dans le placard comme une vulgaire rallonge et j'entends le clic du verrou qui se ferme.

La métaphore qui surnage sous mon crâne me fait marrer un moment – après toutes ces années, bourré et comme jamais sorti du placard. Je dégueule dans ses bottes en caoutchouc. Une forme mineure de justice. L'espace d'un instant, un soulagement m'inonde – enfin, je n'ai plus à *faire* ni à *être* quoi que ce soit, pas même à me lever pour aller me brosser les dents, et n'est-ce pas là la conclusion évidente à toute mon indécision ? Qu'après avoir suivi le chemin le plus facile qui s'offrait à moi, je finisse ici par terre, dans une parfaite obscurité, avec sur la tête le bas d'un caban en laine coûtant la peau des fesses. Un sentiment proche du soulagement. Du moins, jusqu'à ce que je dessaoule.

Aux urgences, je fais une ville avec mes mains. J'y place des anges et je peuple les immeubles de télévisions. Je rêve de qui vit dans quels quartiers et j'imagine la façon dont vibre la communauté, les bruits que font les divers marchés, les métros et les salles de jeux. Je donne à cette ville un nom, je nomme cette ville d'après des anges, la ville que je fais avec mes mains.

Ici à l'hôpital, pendant quatre jours et quatre nuits, je fais ce que je peux pour ne pas penser à ma condition. Déshydratation, disent les médecins. Les infirmières prennent soin de moi, me traitent comme si j'étais retourné en enfance – c'est ce que je préfère quand je suis malade.

Deux jours : la durée que j'ai passée dans le placard d'Arnold avant de parvenir à me faufiler par la minuscule fenêtre et d'atterrir dans le jardin, où quelqu'un a appelé les flics, après quoi on m'a amené ici. Je n'ose imaginer à quoi je devais ressembler, à ramper ainsi tel un dibbouk au milieu des pelouses impeccablement tondues des voisins, mdr.

Je suis attaché à tellement de tubes que je pourrais tout aussi bien être un tracteur labourant une planète morte dans un roman de science-fiction. Il y a des chances pour que j'aie déjà perdu mon taf à l'entrepôt. Ça fait une éternité que mon tél est mort et dans l'hôpital de cette petite ville il n'y a pas de télés, alors c'est à moi d'inventer ce petit monde dans lequel jouer. Le cerveau sait très bien faire ça – inventer des petits jeux pour ne pas avoir à se confronter à lui-même.

Au début, la police est la seule visite que je reçois. Elle veut savoir ce qui s'est passé, qui a fait ça, si du moins quelque chose a été fait ; elle veut le nom d'Arnold. Je ne dis pas un mot, évidemment. S'il y a bien une chose que je sais, c'est que je déteste ces putains de flics. De toute façon, je me dis que j'aurais dans la bouche un sale goût de chiffons pourris si je prononce son nom à voix haute. Ce n'est que lorsque mon père débarque pour voir comment je vais – mon ancienne mutuelle étudiante a dû l'appeler – que je me mets à parler pour de bon, sauf que, étant donné les bleus sur ma trachée, les mots qui sortent de ma bouche ressemblent davantage au sifflement grave d'un radiateur. Il se penche sur moi pour prier, et c'est bien la première fois que je ne hais pas le son de la prière, le Mi Shebeirach étant enfin sur le point de me devenir familier. Je reproduis les sons, et tous nos disparus sont ici avec nous dans cette pièce maintenant, même celles et ceux que nous ignorions faire partie des nôtres. Pour la première fois, je ressens ce que ces mots veulent dire à mesure qu'ils s'arrachent à moi ; pas tant leur sens exactement, mais leur sentiment plutôt. Ces prières furent déclamées bien avant toute personne vivante ou toute civilisation, et survivront à tout ce bruit mécanique que nous faisons. Ainsi dans ce calme, du cœur du temps et à travers les époques, c'est tous ensemble que nous prions.

La plus grande peur de mon père est de se retrouver dans une petite pièce qui lentement prendrait l'eau. Il me le redit à chaque fois comme si c'était la première, dès que l'occasion se présente, soit assez souvent étonnamment, après mon séjour à l'hôpital, quand je suis retourné vivre chez lui. Ses amis se tiennent à distance pendant que je me rétablis et on passe notre temps à mater des films. Les films, semble-t-il, constituent notre dernière langue en commun. Sept films d'action sur dix évoquent ce scénario à un moment ou un autre. Une petite pièce au cœur d'une vallée inondée par la cupidité du gouvernement. Des amants pris au piège d'une cellule dans un sous-marin russe endommagé. Un navire de croisière qui prend l'eau. Le changement climatique condamnant une station balnéaire à se retrouver au fond de l'océan. Le déclenchement d'une chausse-trape et le vieux tombeau d'un roi qui s'enfonce sous la mer. À chaque fois il se tourne vers moi pour me le dire exactement dans ces termes : *Tu sais, Ezra, c'est ça ma plus grande peur.* Puis il replante son regard sur la télé, aussi calme qu'une figurine de verre, et continue à regarder le film comme s'il ne venait pas de voir à l'écran ses plus profonds cauchemars prendre vie. Alors moi je lui réponds : *Je sais, papa.*

Moi, l'eau ne m'a jamais effrayé, je ne sais pas pourquoi. Pas même la fois où je nageais dans le détroit de Long Island et qu'un contre-courant scélérat a failli m'emporter. Les espaces confinés non plus ; ils ont plutôt tendance à me donner l'impression d'être enlacé. Et puis je n'ai même pas le vertige. On pourrait croire que je fais le mariole, mais je n'ai pas vraiment peur de quoi que ce soit hormis de mon propre esprit, et de la façon pas-si-subtile qu'il a de déformer ou de désosser n'importe quelle pièce. Ce que je crains aussi, je suppose, ce sont les autres – la maladresse des conversations, être vu ou observé, être l'objet des discussions, les indicateurs et méthodes standards de diverses morts sociales. Et ce qui me fait vraiment *le plus* peur, si on devait me poser la question – ce que mon père ne fait jamais –, ce n'est pas seulement de gâcher cette vie unique et précieuse, mais de devoir être témoin du jugement que porteront tous ces gens qui auraient pu faire tellement mieux avec, en guise de tribune, ce corps dont on m'a gratifié et que je n'ai su que balancer et rebalancer dans l'Hudson. C'est le genre de peurs qu'on voit un peu moins dans les films d'action, alors avec mon père on se contente de regarder les immeubles qui explosent et prennent feu tandis que je m'efforce de guérir.

Voici ce qui arriva à une ville du nom de Shoflet. La ville était située au sud d'un lac et chaque jour les gens entreprenaient de faire le pèlerinage, long de plusieurs kilomètres, jusqu'à ce point d'eau, où ils baissaient la tête pour s'abreuver puis reprenaient tant bien que mal le chemin du retour, leurs seaux remplis. L'eau était toujours transparente à l'époque – Dieu n'avait pas encore vu de quoi les humains étaient capables. Les villageois vivaient là où ils vivaient en aimant leurs voisins. Ils partageaient la nourriture qu'ils cultivaient, partageaient les animaux qu'ils tuaient, et tout allait pour le mieux. Jusqu'au jour où il fit une chaleur de tehom et où le couteau utilisé pour trancher la gorge de la chèvre ne fut pas béni comme il se devait ; l'animal mourut en hurlant dans d'atroces douleurs, au point que le sang dans les veines de chaque habitant des villes voisines se figea. Un conciliabule eut lieu pour déterminer le sort à donner au boucher, au rabbin qui s'était endormi pendant la bénédiction, au couteau même ; et pendant ce temps, la viande de la chèvre pourrissait dans le champ, tant la bureaucratie juridique mettait du temps à avancer. En fin de compte, il fut décidé d'enfouir le couteau, de déconsacrer le rabbin et de condamner le boucher à une amende. Malgré cela, à l'endroit où mourut la chèvre une obscurité gagna la terre et toutes les herbes virèrent au blanc, un blanc de chaux, le sacrifice réduit à néant. Le sang s'infiltra dans le sol et le fit mourir. La mort très vite s'étendit à la mer et les familles mirent au point un système monétaire au gré duquel troquer leurs biens. Voyant cela, Dieu pleura tant et si bien qu'il en maudit l'eau et la greva de sel. Lorsque les villageois revinrent y boire, les gorges s'envinaigrèrent et les enfants apprirent à flotter.

C'est tout à fait par hasard que je tombe sur ma première manif un 1er Mai, à une heure et quelques du campus. Nous n'allons pas souvent en ville, à part pour assister à un concert ou acheter le genre de drogue qu'on ne trouve pas partout. Aujourd'hui, toutefois, nous y allons pour voir notre prof de théâtre : c'est la première de cette pièce qu'il monte en solo, une production d'*Equus*, où il incarne tour à tour Martin Dysart, Alan Strang et le cheval qui, c'est le moins qu'on puisse dire, risque de s'avérer mémorable. Mais en nous rendant au théâtre, nous tombons sur une foule de gens camouflés derrière des cagoules noires pour déclamer leurs slogans, tandis qu'un homme est perché sur des poubelles pas loin, discourant en espagnol. Flottent au-dessus du boulevard, dans leur révolte ludique, de gigantesques marionnettes qu'on dirait faites uniquement de bouts de tissu et de bâtons, sous forme de diverses divinités, de monstres et de figures politiques. Je comprends alors que ce genre de théâtre me ressemble sans doute davantage.

Posant un pied au milieu de la foule, nous sommes un temps emportés comme d'éternels polluants dans une rivière. Mes amis sont à mes côtés l'espace d'une minute et puis, subitement, mes amis se sont dispersés – peut-être ont-ils continué leur route jusqu'à la pièce de théâtre ? –, et voici que tous ces nouveaux visages deviennent des amis. Ma troupe. Mon ensemble. Je marche derrière des banderoles que je n'arrive pas à lire, ce qui ne m'empêche pas d'en admirer le fier brillant des couleurs. De tous côtés, des gamins masqués font voler en éclats les vitrines de la Wells Fargo, du Foot Locker, du Starbucks. Armés d'aucun passé autre que celui qu'ils ont traîné jusqu'ici. Je suis gêné de m'être aussi bien attifé pour aller au théâtre, mon blazer avec la broche dorée en forme de pieuvre, mon treillis fuselé, et cette tentative foireuse visant à charbonner mon œil. Je les envie, tous autant qu'ils sont. Cette façon qu'ils ont de se créer une famille bien à eux, non pas uniquement à cause de ce qu'ils ont sur le dos, comme au sein d'une fraternité ou de la police, mais à cette manière de protéger quelque chose à la fois de plus sacré et commun qu'une banque ou qu'une boutique de baskets.

Cette distinction se dessine d'ailleurs plus clairement à l'arrivée des flics qui se mettent à balancer leurs lacrymos dans la foule sans vraisemblablement faire la moindre discrimination – il y a des gosses dans des poussettes, un vieillard derrière son déambulateur, mini porte-voix autour du cou. Le gaz nous encercle comme une nouvelle météo. Esseulé avec tout ce monde et respirant ce poison, je n'aurai pas assez de tout mon langage – seules quelques substitutions feront l'affaire. Mes yeux, deux oignons malades. Mes yeux, une chèvre mal abattue. Mes yeux, des bibliothèques jumelles qui prennent feu.

Le 1er Mai ou *May Day* : ce que dit aussi le pilote dont l'avion commence à chuter. Une *street medic* me trouve vomissant une chaleur jaunâtre partout sur le trottoir. Arborant une croix rouge et coiffée d'une crête verte, elle se penche sur moi et verse du lait dans les deux soucoupes brûlantes de mes yeux. C'est ainsi que je suis accueilli, l'espace d'un instant, au sein de ma nouvelle famille.

Maman m'emmène donner à manger aux canards sur le cours d'eau. Je porte des vêtements que je vais de manière cyclique me mettre à détester puis adorer puis redétester, selon les aléas de la mode. L'apogée d'une vogue assez particulière dans les années 90 : t-shirt *Jurassic Park* au design fluo, short noir ultra-court et baskets à la semelle lumineuse. Coup de bol, ce style refait surface pile au bon moment quand j'ouvre mon premier compte Instagram, et j'y poste la photo de maman et moi, avec nos airs de sortir d'une pub délavée, là sur le capot de notre jeep. La publi récolte une approbation modérée et quelques commentaires.

On doit faire ça une fois par mois, je dirais : fourrer les entames de pain rassis dans une pochette en plastique qu'on apporte ici ensuite, au ruisseau ; ce n'est pas très loin de l'appartement en voiture. Mais dix minutes de trajet pour un enfant peuvent vite paraître une éternité, et on a beau être juste au-dessous de la voie rapide, c'est comme si on s'était enfoncés en pleine nature. Le ruisseau en soi n'a rien de naturel, un bassin infini cimenté par l'homme pour diriger l'eau du réservoir jusqu'à l'usine de traitement. Et pourtant, le monde naturel nous inonde. Il y a des canards et des tortues dans ce cours d'eau ; des têtards et de tout petits poissons, des plantes aquatiques aussi. Des hommes viennent pêcher sur les berges et en extraient parfois une petite perche. Maman porte son jean taille haute et rigole quand le vent fait s'envoler son chapeau noir à larges bords, qu'on se met à pourchasser jusque dans les pins qui se clairsèment.

Ce dont je ne me rends pas compte à l'époque, c'est que son frère vient tout juste de mourir. S'est donné la mort, ce que personne ne dit. Ce qu'on dit, en revanche, c'est qu'il a préféré la bouteille à une maison, un boulot ou une femme. Son corps a été retrouvé dans sa voiture à quelques rues de notre appartement. Il a dû conduire ici, en banlieue, depuis le Queens. Ça faisait quelques semaines déjà qu'il était porté disparu. Et maman qui maintenant doit passer tous les jours devant l'angle où sa voiture a été retrouvée. Tous les jours elle passe au volant devant son frère. Elle déroule la pochette en plastique et me tend un bout de pain que j'avale aussitôt, ce qui nous fait tous les deux rire. Son petit canard, c'est comme ça qu'elle m'appelle, et je lui réponds coin-coin, coin-coin.

Ma synagogue organise un voyage et m'y inscrit gratuitement ; je n'ai d'autre choix que d'y participer. *C'est gratuit,* dit papa, *tu serais bien bête de ne pas y aller,* et le collégien que je suis n'est pas assez calé encore pour remettre en cause cette logique spécieuse. Pour lui rétorquer que tout, en fin de compte, a un coût.

Un petit essaim se forme quand nous nous retrouvons tous à JFK, et un homme avec une barbichette et un chignon hirsute sur le haut du crâne nous distribue des sacs cadeaux qui incluent, entre autres choses, une petite balle souple sur laquelle est cousu le drapeau israélien. On nous dit qu'on rentre au pays et quarante ados de quinze ans hochent la tête en chœur. On nous demande de chanter l'hymne national et nous nous lançons donc dans l'*Hatikvah,* transcrite pour l'occasion sur des feuilles imprimées. Certains parmi nous, d'entonner ainsi cette mélodie, ont la larme à l'œil mais n'ont aucune idée de ce que ça raconte. Nous sommes tous pourris d'acné dans nos treillis coupés aux genoux, nos visières et nos Birkenstock. La plupart d'entre nous venons de New York, du New Jersey ou de Philadelphie – et puis il y a Aarom, un gamin silencieux qui débarque de sa cambrousse dans le Wisconsin, le seul Juif de sa petite ville. Aarom, assis à côté de moi dans l'avion, est si petit que si j'écarte les doigts, ma main suffirait presque à couvrir toute la largeur de son dos pâle. Il a peur de l'avion, ça se voit, et nos genoux se pressent l'un contre l'autre à intervalles réguliers pendant toute la durée du vol – à chaque contact un courant passe entre nous. Je fais tout pour m'asseoir à côté d'Aarom dès que l'occasion se présente.

À peine sortis de l'avion, nous nous répandons dans l'aéroport Ben Gourion et nous retrouvons en petits groupes pour agiter nos drapeaux israéliens. Ma coordination œil-pied n'est pas très bonne apparemment, et j'ai du mal à maintenir mon drapeau en l'air. Le voyage est étrangement bien coordonné, lui, son itinéraire ayant été minutieusement pensé mais ne semblant pas au goût de nos animateurs, adeptes dépenaillés de la fumette. Nous allons à Tel Aviv ; prenons le funiculaire pour monter à Massada ; dormons sous une tente de Bédouins dans le Néguev et buvons du Coca-Cola ; plantons des arbres dans des trous creusés à l'avance, qui seront aussitôt vidés pour le groupe de touristes suivant ; allons au Mur des Lamentations où garçons et filles se séparent, et nous y prenons des photos ; écrivons nos petites prières sur des bouts de papier que nous glissons ensuite dans les trous (moi je demande un petit copain, que je prends bien soin de détailler, comportement, forme, longueur des cheveux – avant d'ajouter la fin de la faim dans le monde, histoire de) ; nous arpentons la vieille ville et marchandons des pipes pour fumer notre herbe. Tous les autres parlent déjà d'emmener leur future progéniture, disent-ils, qu'ils accompagneront très probablement, pour qu'à leur tour leurs gosses puissent profiter de cette expérience unique. Nous chantons, nous mangeons des falafels et de la chakchouka, dont on nous dit qu'il s'agit de plats israéliens.

Aarom et moi dormons ensemble, et certaines nuits il me laisse dormir dans son lit pour que je puisse venir me blottir contre lui quand il fait trop froid, ce qui arrive souvent dans le désert. Je ne comprends pas *vraiment* pourquoi nous sommes ici. Bien sûr, c'est un beau pays, je me dis, et puis, à contempler comme ça le désert de quelqu'un d'autre – mais quelqu'un peut-il vraiment posséder un désert et, le cas échéant, comment ce quelqu'un pourrait-il être nous ? –, la différence avec là d'où je viens, avec tous ces âpres gratte-ciel et ces comptoirs de drive-in qui puent la friture, saute aux yeux. Ça paraît évident maintenant que je suis ici, mais ni ici ni chez moi – cette terre recouverte de centres commerciaux, avec ce que ces centres commerciaux recouvrent – je ne me sens véritablement chez moi. À tout prendre, chez moi, ce serait ces parkings vides où poussent des champs entiers de détritus et de tumbleweeds de plastique. Je n'ai pas d'autre chez-moi que l'endroit où mon corps respire, là où il va et là où il a été. Quelqu'un peut-il dire d'une chose qu'elle lui appartient pour que ce soit le cas ? Peut-on vraiment revenir dans le quartier où nos arrière-arrière-arrière-grands-parents ont peut-être vécu et dire, *Ceci est ma maison ?* Sans même se soucier de qui vit là ? Des années plus tard, Aarom reviendra dans ce beau pays et c'est précisément ce qu'il dira. Il y rencontrera sa femme, fera un enfant, et apprendra à tirer au fusil.

Je n'aime pas comment ça se termine avec Christian. En règle générale, mes histoires passent ou s'éteignent à petit feu jusqu'à ce que le mec se rende compte qu'il a envie d'autre chose, d'une histoire moins difficile ou plus gratifiante que ce que j'ai à lui offrir. La plupart du temps, c'est moi qui finis le cœur brisé, du moins sur le papier. C'est une barque un peu plus sûre pour voguer, tapissée de moins de trous. Mieux en tout cas que d'avoir à vivre avec le fait d'avoir été à l'origine de la rupture. Quand on a le cœur brisé, pendant un temps, on se sent parachevé. Impossible à aimer peut-être, mais irréprochable. On peut s'apitoyer sur son sort et pleurnicher, tout en ayant le luxe de diriger ses blessures au-dehors, et vivre peinard dans sa propre rectitude.

J'adopte tellement souvent l'approche du lâche que c'est à peine si je m'en rends compte – j'aurais bien du mal à imaginer une autre façon de faire. Vous pourriez me demander si mon intention était de saboter mon couple, je vous répondrais bien sûr que non. Cependant, vous n'auriez qu'à me faire boire un peu pour que je finisse par dire autre chose – qui sait. Je sors avec d'autres mecs et ne m'en cache pas. Je ne réponds pas aux SMS de Christian quand je suis avec d'autres hommes. Je ramène des types à l'appart quand il est au boulot, au nez et à la barbe de ses parents, et on baise en faisant du bruit. Parfois un mec oublie un vêtement à l'appartement, que je laisse ensuite bien en évidence, posé sur le canapé ou encadré dans le tapis de bain en peluche mauve. Je ne coupe pas le son de mon téléphone, de sorte qu'il puisse entendre le petit *ding* à chaque fois que je reçois une notif sur Grindr. On a beau être ouverts, j'enfreins nos propres règles, l'une après l'autre, méthodiquement, presque à dessein.

Quand Christian rompt avec moi, j'excelle à me montrer meurtri. À faire semblant que tout l'oxygène a été aspiré de mes poumons et que c'est pour lui que s'écourte mon souffle. Il dit que je le mets en danger, à quoi je réponds dans un premier temps qu'il raconte des conneries, que son argument est débile, cruellement sidaphobe et peine-à-jouir – après tout, on est tous les deux sous PrEP ; quant à la syphilis ou la chlamydiose, ces maladies sont guérissables, d'autant que – mais alors je comprends que c'est de son cœur qu'il parle.

Ses parents refusent de croiser mon regard quand je déménage mes quelques possessions de leur maison jusqu'à mon nouvel appart dans le Queens, au sous-sol d'un gigantesque immeuble datant d'avant la guerre, loué à un type séparé du locataire initial par au moins quatre autres. Je prends un Polaroid d'adieu de Christian en train de pleurer sur le perron, que je fixe à côté de tous les autres amis que j'ai perdus ou pas encore rencontrés, puisqu'il rejoint désormais leurs rangs, une autre de ces personnes que je ne connaîtrai jamais vraiment. Quelqu'un n'existant plus dans ma vie, et donc n'existant plus tout court. Je savais ce que je faisais ; du moins je devais bien m'en douter. Je visualisais déjà notre avenir si impeccablement planifié. La maison à la campagne, la vie de couple domestique, un job affreux pour lui, les enfants qu'il adore et qu'il exige, toute cette folle course en avant sur cette piste héritée ; tout ça en fin de compte pour sauter dans un futur si indubitablement criblé de destruction, de déluge et de violence, si impossible à concevoir, un monde littéralement en feu, qu'au lieu de me transformer en foutu menteur, j'ai dû trouver une autre façon de le briser.

Internet est un portail ouvert sur la souffrance des autres – parfois sur leur joie, mais la plupart du temps, rien que leur souffrance. Les algorithmes sont conçus pour flatter la discorde, pour pointer les utilisateurs en direction de l'endroit où leur mal-être sera le plus intense. Les requins suivent le sang. Le flot des véhicules ralentit en passant devant un accident brutal. Les mouches grouillent sur les carcasses de viande. Moi j'ouvre mon ordi et ça me brise le cœur. Je referme mon ordinateur. Jour après jour, une énième tuerie de masse, une théorie du complot qui s'enracine dans les couloirs du Congrès et le tronc cérébral, feu vert donné à la construction d'un nouveau pipeline, un mur le long de la frontière qu'on érige sur des terres ancestrales, une boîte gay d'Orlando qui devient le lieu de la plus grande tuerie qu'a connue ce pays, aussitôt suivie par une autre au cours d'un concert à Las Vegas qui lui dispute ce titre, attentats à la bombe à Bruxelles, interdictions d'immigrer, ouragan après ouragan avec des noms commençant par les dernières lettres de l'alphabet, des enfants en cage.

Il y a la façon dont le récit de l'information existe, en image et en mots ; et puis il y a la façon dont ce récit en réalité constitue la vie entière d'une personne, au milieu des pleurs et du métal amoché. L'empathie vous bouffe tout cru. Il n'y a de survie possible que dans la séparation des deux, dans la lecture des infos et la non-corrélation de tout cet entrelacs humide de souffrance humaine à l'air que vous êtes en train d'ingurgiter dans vos poumons. Et si vous en êtes incapables, eh bien, qu'est-ce qu'on est censé faire dans ce cas, hein ?

Ma dernière année à New York, je la passe en laissant internet guider mes pas. Il y a des classements de trucs gratuits à faire. Les nuits cuir, les nuits matos, les films, les vernissages, les scènes ouvertes pour chanteurs-compositeurs, les théâtres de marionnettes, les soirées *pup*, les soirées fétiche… Je m'y rends seul à chaque fois. Je vais aux soirées arts performatifs organisées par un musée, je vais aux formations pour prévenir les agressions dans la rue, aux stand-up visant à lever des fonds pour les socialistes démocrates d'Amérique, aux apéros-peinture – toujours seul. Chaque endroit dispose de son propre rituel. S'il y a un bar, je commande un cocktail, un truc chic que je peux siroter tranquille et rallonger à l'aide de la fiole que je garde dans ma poche, assis contre le mur à observer la vie comme le ferait un océanographe, un genre de commandant Cousteau – même chevelure ébouriffée, même bonnet rouge de travers.

Rester seul au bar est un rite de passage américain. Parvenir à regarder tout le monde vivre sa meilleure vie avec ses potes sans se sentir seul, soi-même, c'est avoir atteint le plus haut degré de conscience. Il est possible de transcender le corps regardant en ne faisant rien d'autre que ça – regarder. La nuit, tous les gens sont impossiblement beaux et brillants tout le temps, transformés en eau, absorbant la lumière avant d'aller leur chemin. Parfois, un peu de cette eau vient te parler, parfois même tu embrasses cette eau, rentres avec cette eau chez elle, feuillettes les livres de cette eau et secoues la tête de consternation, invites cette eau à entrer en toi. Mais en fin de compte, l'eau s'écoule ou s'évapore, et tu n'as plus qu'à aller vers un autre lac ou une rivière différente, tu te mets en quête de chutes d'eau, s'il le faut, et tu demandes un verre d'eau au bar pour accompagner ton cocktail. La plupart des nuits, je ne reste pas plus d'une heure, mais il arrive, lorsque j'ai vraiment réussi à me transcender, que je reste seul et ne rentre pas avant le lendemain matin.

Quand maman nous a quittés, ses parents ont revu toutes leurs finances pour la soustraire à leur mort future, ce qui signifiait en fin de compte que son héritage me reviendrait. Quand ils me font asseoir à quatorze ans pour aborder tous ces nombres, ce ne sont que des nombres se substituant à une mère disparue et je m'imagine pour de bon tiré d'affaire. Après la fac, après la mort de mes grands-parents, je fais les calculs pour moi-même, demandant à mon ordinateur : si telle hypothèse, alors quoi ? Quel est le coût de la vie – mais jamais je ne demande *Pourquoi ça coûte, de vivre ?* Quel est le salaire moyen dans telle ou telle ville (le mot salaire, je l'apprends, vient du mot sel (du temps où le sel faisait office de monnaie d'échange à Rome (la valeur de tout ce qui préserve la viande))) ? Puis je soustrais un huitième, n'ayant jamais vraiment eu besoin des trucs les plus sophistiqués. Je n'ai jamais été très bon non plus dans les matières scientifiques, et je fais ce que je peux pour couvrir toutes les variables prévisibles – loyer, nourriture, assurance –, auxquelles j'ajoute un peu d'argent en vue de ce que je *ne peux pas* voir – le nouveau costume pour l'enterrement, les alcools sur l'étagère du milieu que mixe elle-même la barmaid, le potentiel animal de compagnie à la mode, etc. Si je ne rencontre aucun gros problème médical, n'ai pas d'enfants ni ne pars en vacances, je serai en mesure de m'en sortir en bossant à temps partiel pour les sept à dix années qui suivront, à un ou deux ans près. Quand j'en ai enfin terminé avec tous ces calculs, je me lance dans une petite danse, sachant pertinemment qu'il s'agit d'une danse de désertion. Soudain riche et misérable, misérablement riche. Chaque fois que je fais mes courses, je troque une femme disparue contre de la bouffe. Cet endroit où je vivais au début, la moitié de moi-même, je l'échange contre une nouvelle MetroCard, et elle est là dans le train, à mes côtés. Chaque fois que je passe ma carte dans le métro, je la tire à moi suffisamment près pour être en mesure de sentir ses cheveux. Quand je signe le bail pour mon nouvel appart sur un bout de papier, je lui coupe le petit orteil. Dès que j'essaie d'en parler à quelqu'un, la personne secoue la tête et rigole de mon « fardeau » – mais n'a aucune idée, au fond. De combien mes courses sont lourdes, lestées de ce corps en morceaux que je ramène chez moi en métro.

Il existe un mythe sur la faim que j'adore. Le voici : Il était une fois un temps où nous naissions rassasiés et le restions. Un temps où le corps n'avait besoin de rien d'autre que de ce dont il était déjà pourvu. Manger était simplement un acte de plaisir, une aventure épicurienne, un savoir-faire qu'on réservait pour les soirées, les week-ends, les célébrations. À l'intérieur de chaque enfant se trouvait un puits sans fond, rempli de lait, des tranches de bœuf recouvrant des plats entiers, des feuilles de moutarde. Pendant de nombreuses générations, tout était parfait, tout allait très bien. Les gens vivaient en harmonie avec le monde qui les entourait, et ce monde était en harmonie lui aussi. Mais les choses se mirent à changer à mesure que se répandait la corruption telle une épaisse couche de fromage tartinée sur l'horizon et commençant à moisir. Les gens décidèrent de se faire plaisir à longueur de journée. À longueur de journée les bouches se remplissaient d'ananas et de pêches et de faisans. Les gens faisaient des provisions de nourriture qu'ils plaçaient dans des entrepôts et laissaient pourrir. Et notre seigneur, avec ses sept têtes, regarda sa création d'un œil dédaigneux tandis que tous ces visages se goinfraient de pâtisseries et de viandes, et iel n'éprouva que dégoût. Dans son infinie sagesse et cruauté, iel estima que notre gloutonnerie, ce péché inventé, devait être punie, et iel actionna un énorme bouton exigeant de nous que nous accueillions le monde en nous afin de lui survivre, et ainsi fut-il, et ainsi est-ce resté depuis.

Il est tard et je traîne mon corps hors de cet unique bar plus ou moins gay de la ville, avec aux pieds ma première paire de talons. Des escarpins dorés mignons comme tout, huit centimètres, que j'ai eus pour une bouchée de pain au Goodwill sans aucune pensée pour la *queen* à qui ils appartenaient, ni pour la personne qui en héritera après moi. Et si ma résidence est située à quinze minutes à pied en temps normal, avec les petits pas que je fais ça me prendra probablement une heure. J'ai l'élégance d'un faon perché sur des talons de huit centimètres et j'adore la lenteur qu'ils me forcent à prendre. Chaque pas est intentionnel, et je n'ai pas le temps de me préoccuper de qui me regarde, ni pourquoi. J'entends quelqu'un appeler un nom qui n'est pas le mien, mais c'est moi qui suis visé, j'en suis sûr. Or tout ce à quoi je peux prêter la moindre attention est le prochain pas à faire, un pied devant l'autre, et l'autre, et l'autre.

Dans mon cours d'études de genre portant sur les mouvements contestataires des années soixante, nous regardons un documentaire consacré au Weather Underground, un groupe de jeunes Blancs qui s'adonnaient à des actions de type militaire contre le gouvernement des États-Unis. Je me découvre une certaine jalousie pour cette forme d'amitié. Moi, mes amis – je le sais –, ne le sont que le temps que nous serons ici ; ce sont des amitiés de circonstance, soit parce que nous vivons au même étage dans notre résidence universitaire, soit parce que nous avons cours ensemble, ou que nous avons tenté d'intégrer cette chorale sans succès. Nous ne sommes pas particulièrement motivés par quoi que ce soit, ni même dédiés à une cause. Nous aimons boire et parler musique. Nous aimons nous plaindre de la politique et de la qualité des réfectoires. Engoncés dans notre petite chrysalide, nous apprenons à parler fort sans agir, et nous finirons par ressortir de l'autre côté armés de gigantesques ailes inutiles. Ce n'est pas comme si nous allions prendre ensemble des cours d'arts martiaux, ou apprendre l'apiculture, ou comment faire des bombes. Nous avons beau tous savoir que c'est la fin du monde, nous croyons, pour une raison qui nous échappe, que quel que soit l'avenir qu'on nous réserve, la wifi sera toujours là.

Enfant, je n'ai jamais été glamour. L'œil toujours boudeur, le corps toujours couvert de boue, de ketchup. Je n'ai jamais mis la moindre robe, exception faite des rares fois où, quand j'étais gosse, j'ai essayé les vêtements de ma mère qui avait mis les voiles, avant qu'elle ne revienne les récupérer, ou que mon père ne se débarrasse du reste. Je n'ai jamais fait mumuse avec du maquillage. Je n'ai jamais tenté le vernis à ongles. Je n'ai jamais langoureusement battu des cils, ni pincé les lèvres dans le miroir comme si elles pourraient vouloir m'embrasser. Jamais. Chaque geste féminin semblait abriter en lui une insituable tristesse. Porter une robe fantôme n'a rien de sexy, à moins... eh bien à moins que ce soit votre kif, ce qui n'était pas vraiment mon cas, quoique aujourd'hui on dirait que je ne puisse plus vraiment porter autre chose.

La toute première fois que j'essaie une robe pour de bon, dans l'intention de la porter, je suis adulte, ou pas loin de l'être. Pour la soirée drag de la fac, je déterre cette hideuse robe presque-de-mariée, empruntée aux costumes du département de théâtre ; la dernière fois qu'elle a été portée, c'était dans une production des *Misérables*, par nulle autre que Fantine, la robe dans laquelle elle est morte soir après soir, la robe dans laquelle elle tuait. Couleur crème avec de gigantesques manches bouffantes. Je tombe également sur une perruque, une sorte de choucroute dans laquelle quelqu'un semble avoir planté et replanté sa fourchette à salade. Nous apprenons à nous maquiller en suivant des tutos trouvés sur YouTube. Tout le monde se marre et picole au goulot de la même bouteille de vodka dégueu à mesure que nous transformons nos corps en n'importe quoi d'autre. Ericka me bat le visage avec la concentration – à défaut de l'adresse – digne d'une pro du maquillage. Ille aime clamer son expertise en toute chose liée au fait d'avoir un corps, et qui suis-je, moi, pour en douter ? Quand ille met la dernière touche à mon look, je me lève pour me regarder enfin dans la glace, effrayé à l'idée que je puisse y trouver ma mère pour me renvoyer mon regard, ou moi du moins, mais enveloppé dans son désarroi hérité, si ce n'est pire encore – cet air qu'elle avait sur toutes les photos qui ont hanté notre maison pendant des années, tout ce vide dans ses yeux, et ce vide dans son sourire. Mais ce que je vois dans le miroir à la place est cette *drama queen* à tomber, un peu paumée mais l'air de s'en foutre – moi quoi, version bizarrement perfectionnée et affreusement intelligente. Elle est vraiment sublime, au point que je pourrais en crever ; je pourrais d'ailleurs être déjà mort.

C'est dans le vieux gymnase en bois – une ancienne église – que des étudiants installent chaque semaine leur centre de ressources et de dépistage des MST, derrière une table pliante. Chaque mercredi, ils disposent leurs panneaux peints au niveau du bureau des étudiants, qui pointent en direction du Gymnase Wylkier, et à force ça devient une blague entre nous tous, sur le campus. Si on voit quelqu'un dans une tenue racoleuse ou si la personne est connue pour draguer facilement, on peut lancer un *Je parie qu'iel va au Wylkier.* À un ou une pote, on peut même en faire un verbe : *Tu t'es fait Wylkier ce week-end ou quoi ?* Voire une forme impérative à de très rares occasions : *Tu ferais mieux de te Wylkier !*

J'essaie de passer aux heures où le parvis est le plus bondé, en fin d'après-midi, juste après les cours, et j'y vais d'un pas fier comme si mon sang valait de l'or. Je reconnais l'interne, un étudiant qui suit le même séminaire d'intro à la philosophie continentale – Jeremy, je crois ? Il m'emmène dans une pièce en bois qui pourrait jadis avoir été le presbytère – du moins ça y ressemble –, et qui maintenant sert de deuxième vestiaire pour filles, et là il se met à me poser des questions sur ma vie, ou plus précisément, mon historique sexuel : usage de préservatifs, ai-je déjà été victime d'abus, ce genre de choses. Il est plutôt beau gosse, et je m'efforce de lui donner les réponses qu'il aimerait peut-être entendre. Nous sommes dans un presbytère, après tout, et je fais donc de mon mieux pour lui décrocher un sourire. *Tout ce que tu diras restera confidentiel*, me dit-il, et nous rions de la maladresse des questions sur le formulaire. Il opine du chef, comme s'il comprenait tout ce que j'ai à dire. Est-ce ça, mon type de rencard préféré : le formulaire d'admission dans un centre de dépistage ?

Cherchant peut-être à l'impressionner, je lui raconte la fois où j'ai sucé un mec marié jusqu'à ce qu'il se mette à hurler le nom de sa femme dans le parking du commissariat de police, ou le jour où je me suis fait défoncer dans les chiottes d'un aéroport en rentrant des vacances de Noël. Ses yeux se font un peu plus gros à cette histoire et il s'écarte très légèrement. Vient ensuite le test VIH : ses mains tremblent un peu quand il ouvre l'emballage plastique et en sort le kit de dépistage. Il passe un bâtonnet blanc sur l'intérieur de ma bouche, le frottant de haut en bas contre la chair intérieure de ma joue et mes gencives, tout en comptant à rebours depuis dix. Puis il se gante pour m'enfoncer une aiguille dans la peau et me pompe le sang de manière surprenamment efficace. Jolies veines, dit-il, en détournant quelque peu son regard penaud. Je rougis avant de lâcher un petit soupir tandis que se desserre l'élastique.

Tu auras les résultats dans ta boîte mail d'ici quelques jours, déclare-t-il.

Je lui laisse entendre de manière pas très subtile où se trouve la résidence universitaire où je piaule. Lui demande si je peux lui renvoyer l'ascenseur, mais il me répond que ce ne serait pas très éthique. On se voit en cours de toute façon, sourit-il.

J'ai hâte, je lui réponds, tâchant d'affecter un air séducteur mais devant sans doute passer pour un mort-de-faim. Trois jours plus tard, je suis le lien dans l'e-mail qui m'apprend que j'ai la syphilis.

Je n'ai jamais eu de MST jusque-là – du moins pas que je sache. Je ne ressens rien, cela dit, pas même comme un rhume. Du fait que je fume et tout ça, et vu aussi qu'on est en hiver, je ne peux pas m'empêcher de sentir toujours ma gorge un peu à vif. La réception de cet e-mail me donne davantage encore l'impression d'un rite de passage, plus que toute autre chose, comme si j'entrais enfin de plain-pied dans ce qui m'avait été promis – comme si la maladie avait déjà été programmée quelque part au plus profond de mes gènes. Tu es, me dit une petite voix dans ma tête, et tu es devenu. Je passe des heures à peaufiner l'e-mail à envoyer aux garçons du campus que j'aurais pu mettre en danger. *Chers messieurs*, son entame, copie invisible à tout le monde. Je n'ai pas vraiment envie de retourner à la clinique pour ma dose de pénicilline. Je me renseigne sur l'histoire de cette maladie, le fait qu'avant d'être traitée elle conduisait souvent les gens à la folie. J'apprends que son nom en anglais vient d'un poème. Qu'on la traitait jadis avec du mercure, et j'imagine aussitôt un métal liquide se répandre en moi ; j'imagine être doté d'un squelette métallique et devenir indestructible, une sorte de superméchant, un mix entre Wolverine et un T-1000. Dans la brochure qu'on me donne au gymnase, je découvre qu'une personne sur trois l'attrape dans sa vie et que, si on ne la traite pas, la maladie peut provoquer des tumeurs à la tête, comme ces affreux masques de théâtre. C'est un petit campus, et je ne sais pas si Jeremy a eu vent de la nouvelle ou s'il se contente de rester tout simplement professionnel ; toujours est-il qu'il m'ignore en cours. Même lorsque je lui pose directement une question, je n'ai droit qu'à une seule syllabe en guise de réponse. Quel que soit le frisson d'intrigue qui a pu passer entre nous, il s'est clairement évaporé à la vue des conséquences possibles. Je suis à la fois triste et soulagé de tomber sur une autre étudiante pour vider la seringue de benzylpénicilline dans le gras de ma fesse gauche. L'attitude de Whitney est plus professionnelle – on dirait une actrice dans le rôle d'une infirmière, qui examine mon dossier au prisme de ces fines lunettes ovales. *Sois prudent*, me dit-elle après avoir déposé l'aiguille dans sa boîte rouge transparente. *Je te dis à bientôt, Ezra.*

Comme vous le dira n'importe quel linguiste amateur ou étudiant en histoire, le mot nostalgie était à l'origine un terme diagnostique forgé au dix-septième siècle par un jeune Suisse étudiant la médecine. Provenant du grec, le mot désigne le retour chez soi qu'accompagne une forme de douleur – la douleur éprouvée à rentrer chez soi. On pensait, à l'époque, qu'il s'agissait d'une véritable maladie de l'esprit prêtée aux vétérans avant l'avènement de ce que nous connaissons depuis sous l'expression de stress post-traumatique. Aujourd'hui, nous y voyons davantage une sorte de mal du pays, le désir de retourner à ce qui n'existe plus. Mais une telle signification ne peut qu'être partiellement vraie au regard de cette résonance plus ancienne.

Quand je rentre chez moi pour la première fois après être parti faire mes études, quelques mois seulement après mon déménagement, une envie de vomir me fait garer la voiture sur le bas-côté de la nationale. Les véhicules passent en hurlant à côté de moi tandis que j'ai des haut-le-cœur sans que rien ne sorte, jusqu'à ce que je finisse par vomir quelque chose de substantiel sur la bande d'arrêt d'urgence. Je n'arrive pas à dire ce qui m'a rendu si violemment malade. Je tente de mettre ça sur le compte de la boîte de donuts au cidre que j'ai achetée sur l'aire de repos quelques kilomètres plus tôt, mais je sais qu'il y a autre chose. Les souvenirs pointent le pâle bout de leur nez à mesure que je passe de vieux panneaux publicitaires. Que je roule sous le pont où j'ai fumé ma première clope, devant l'allée où pour la première fois on m'a embrassé – chaque fragment n'ayant pratiquement pas bougé de là où je l'avais abandonné. Je fais de mon mieux pour laisser mon mal là-bas, près de la flaque d'essence et son prévisible arc-en-ciel. Lorsque j'arrive à l'appart de papa, je suis quasiment à sec.

J'ai failli être prématuré. Dangereusement prématuré, disaient même les médecins. Alors ils ont mis maman sous ce médicament qui a depuis été rappelé à cause des risques qu'il faisait courir autant à la mère qu'à l'enfant – le rythme cardiaque de l'enfant, l'esprit de la mère. On lui a ordonné de rester deux semaines alitée, jusqu'à ce que je sois suffisamment grand pour pouvoir être évacué par l'entaille pratiquée dans son ventre. Durant ces deux semaines, elle avait interdiction de bouger, quand bien même les cachets l'empêchaient de dormir. Je n'ose imaginer le genre de terreur claustrophobe que cela peut engendrer. C'est assez courant, me dit papa, la dépression postpartum, à la suite de n'importe quel accouchement, et a fortioti s'il a été difficile. Ils en ont tous les deux souffert, en vrai – lui c'était un genre de réaction empathique chez le père, à moins simplement que ça n'ait été sa dépression normale qui refaisait surface ; il avait même rejoint un groupe d'entraide appelé les SADDADs – les papas tristes –, un nom dont on ne peut s'empêcher de rire. Il me parle de Sylvia Plath, des médicaments qu'elle prenait, nouvellement prescrits, et de cet universitaire selon qui c'est ce changement dans le dosage qui l'avait conduite au suicide. *L'esprit est toujours instable*, dit-il, *et dans son bain chimique superficiel, il réagit à ce dont on le nourrit.* On est assis à la table de cuisine ; il accepte tout juste que je me sois mis à fumer. Je termine ma dernière année de lycée et on est assis là tous les deux, à fumer, l'ampoule dénudée au-dessus de nous dessinant des rubans. En réponse à ce qu'il vient de me dire sur Plath, je lui demande : *Tu penses que c'est ce qu'elle avait l'intention de faire – maman, je veux dire –, tu sais, la voiture, avant qu'elle parte*, tout en écrasant ma Pall Mall dans ce cendrier fantaisiste en forme d'alarme incendie, avec les mots *En cas d'urgence, déposez vos cendres ici.* Il ne me répond pas. À la place, il dit *Halevai*, sa nouvelle expression favorite à chaque fois que le langage ne suffit pas. Nous savons bien, tous les deux, qu'aucune réponse ne sera jamais satisfaisante. À la place, nous demeurons assis là en silence encore un bout de temps. Il s'allume une nouvelle cigarette avant de m'offrir le paquet.

Arnold : Écoute, j'ai besoin qu'on parle…

Arnold : Je voudrais m'excuser…

Arnold : Putain fais pas le gamin…

Arnold : Toutes tes affaires sont encore ici. Tu veux que je les balance ?…

Arnold : Si tu veux parler, je suis là. Sinon je comprendrai. Je t'aime…

Arnold : T'es qu'un lâche.

Je ne le voyais pas jusqu'à ce que ça ait failli être trop tard – jusqu'à ce que ce soit devenu une évidence ; on vit avec. Les hivers de mon enfance n'existent plus. Je parle de vrais hivers. Au cours des premières manifs, juste après l'inauguration, la météo est presque trop parfaite pour que ce soit la fin de notre monde, une belle journée de printemps en plein milieu de l'hiver. Vingt-quatre degrés. Nous sommes en t-shirt et portons des chaussures ouvertes. Tout le monde s'est rassemblé devant le tribunal en centre-ville, tout le monde rigole et tape sur des casseroles, souffle dans des langues de belle-mère et passe, chacun à sa manière, un très bon moment. Et moi tout ce que je peux faire c'est trembler, un fin radiateur dans ma nuque se mettant à siffler, à fulminer. Tout ce que je peux faire c'est retenir mon souffle et essayer de ne pas trop penser à ce avec quoi on fait exactement tout ce bruit à l'intérieur, à ce que, sans le savoir, nous déplaçons dans et hors de nos poumons. Je lance mon compte à rebours à partir de dix, puis la tête commence à me tourner, mais en fin de compte quelque chose de biologique reprend le dessus et me force à continuer de respirer.

Dans les années 1970, le *New York Times* publiait une tribune selon laquelle, si nous maintenions ce rythme de production et de pollution, les océans seraient morts passé l'an 2000. Vous n'êtes sûrement pas sans savoir que nous n'avons pas ralenti le pas – en fait, c'est même tout le contraire. En 2001, mes parents décident d'une virée à la plage sur la Jersey Shore, histoire de bronzer un peu, sauf qu'on finira, comme à chaque fois, par ressembler davantage à des sacs plastiques remplis de viande rouge. C'est la semaine la plus chaude de l'été. Avant Coco Chanel, le teint hâlé était synonyme de pauvreté et de travail dans les champs, mais tout cela a changé à partir du moment où elle s'est fait prendre en photo sur la Côte d'Azur, à se prélasser emperlée pour les magazines d'un bout à l'autre de l'Amérique.

Dans la voiture, maman remonte ses cheveux, qu'elle fait tenir avec un mouchoir, comme une Audrey Hepburn juive, et papa porte une chemise hawaïenne, comme un Juif rondouillard dans une chemise hawaïenne. Maman traverse une de ses crises, travaille tard dans la nuit, passe ses journées à ranger le frigo pendant des heures et des heures, à jeter de la nourriture non-périmée qu'elle remplace par d'autres aliments encore fraîchement emballés. C'est pour ça que papa a suggéré qu'on mette les voiles et qu'on se vide l'esprit le temps d'un long week-end, pour tenter d'échapper à la chaleur infernale de ce mois de juillet.

On arrive à Monmouth et passe à la réception de l'hôtel – un hôtel rose, quelconque. Un petit lit pliant sur roulettes a été disposé pour moi dans le coin, sous une fenêtre qui donne sur une rue passante. Puisqu'il reste encore quelques heures de soleil, nous traînons notre attirail de plage jusqu'au bord de l'océan. Au loin tout là-bas, on aperçoit déformée la skyline de New York, les Tours jumelles rendues presque serpentines dans cette chaleur. Il y a des enfants de mon âge, d'autres légèrement plus vieux.

Certaines femmes dégoulinent d'huile bronzante, d'autres vendent des mangues et des hotdogs ; et partout de la bière, tant et si bien qu'on l'imagine couler sur le sable et suinter sous les pieds – il n'y aurait qu'à plonger une paille dans un château de sable pour être totalement bourré. À onze ans, moi je ne m'intéresse pas encore à ce genre de choses. Je préfère ramasser des coquillages et des morceaux de verre ballottant polis au bord de l'eau, et je crie dans ma voix encore juvénile dès que la mer gelée me lèche les chevilles. Maman a amené son livre, qu'elle tient ouvert sur ses genoux, un exemplaire corné du *Point de bascule*, mais elle n'a pas l'air de le lire, se contentant simplement de fixer l'océan. Quand je me retourne pour détacher mon regard de cette collection que j'assemble et le poser sur eux, papa s'est endormi et se transforme lentement mais sûrement en une décapotable rouge cerise ; quant à maman, elle a ce regard distant, comme en pleine contemplation d'un océan déjà mort.

Après Arnold, un psy tente de m'expliquer la nature du travail que nous faisons ensemble. Me dit que la racine du mot psyché est l'âme. Il me dit que la psychologie est l'étude de l'âme, et la psychiatrie, donc, sa guérison. Je trouve dans ces mots un réconfort provisoire. Mais en quittant son cabinet, je cherche sur mon téléphone d'autres suffixes communs pour prolonger cette petite expérience linguistique : la psychophobie serait la crainte de l'âme. La psychométrie, sa mesure. La psychosepsis, l'infection de l'âme. La psychophilie, l'amour de l'âme. La psychogenèse, l'origine de l'âme ? La psychophagie, la dévoration des âmes.

Bien sûr, je soigne le narcissiste en moi qui croit que sa mort servira à quelque chose. Pas jusqu'à mettre fin aux guerres dans le monde ni rien d'aussi grandiose, mais peut-être un changement plus subtil, un déplacement mineur dans la langue, voire une proposition de loi progressiste, mon nom ajouté à une liste d'autres noms, le genre qui s'éternise au Congrès. La Première guerre mondiale a bien débuté après qu'un Hongrois à la drôle de moustache s'est fait descendre. Un papillon bat des ailes à Kyoto. On allume un feu.

Je choisis l'essence à dessein. Ce n'est pas un hasard si c'est une énergie fossile qui me renverra à l'état de poussière : ce qui finira par nous achever toutes et tous, et ce que tout ceci sera devenu dans cinquante millions d'années supplémentaires. Tout ce que j'aime, toutes les personnes parmi nous qui rient, qui tapent des mains à contretemps, qui prennent un traitement contre l'asthme – tout cela retournant progressivement à l'état de matière brute, se transformant peu à peu en cette fine couche de pétrole dans les substrats de la terre. Le cercle, consumé. Je m'efforce encore et encore de taper mon testament pour internet, mon manifeste si vous y tenez (trop gênant), mais tout mon langage n'y suffit pas, les mots revêtent bien trop de sens et en même temps ne signifient rien du tout. Tout ce que je veux, moi, c'est faire office d'augure mineur, l'oracle de Delphes soufflant les vapeurs qui se dégagent du calcaire bitumineux. Tout ce que je veux, moi, c'est faire un peu de place pour les quelques gens naturellement bons qui restent, afin qu'ils puissent s'adonner à leur sauvage épanouissement.

Des dix hommes qui constituent le « minyan » de mon père, un meneur se détache clairement, et ce n'est pas mon père, Dieu merci. Ancien talmudiste, ancien hassid, aujourd'hui vendeur de voitures d'occasion à Ossining, Itai est doté d'un magnétisme qui soit attire, soit repousse – c'est ainsi que les aimants fonctionnent en règle générale. Qualité requise pour n'importe quel gourou de bas étage ; ces types attirent à eux celles et ceux qui sont en quête d'une manière de salut tout en repoussant quiconque pourrait raisonnablement émettre le moindre doute. La seule fois où je l'ai rencontré, j'ai tout de suite su qu'il vendait des bagnoles avant même qu'il n'ouvre la bouche ; je l'ai vu à sa façon de se tenir, comme s'il voulait vous convaincre de partir au volant d'un truc brillant mais HS. Papa a toujours été en proie à un profond sentiment de vide, même avant que maman ne soit partie, et il s'est donc trouvé un type qui prétend avoir un genre de réponses à offrir, et qui pourra remplir de bruit ce trou béant, à défaut de quelque chose de substantiel. Je ne connais pas assez bien ce monde pour me croire capable de dire quel culte cause plus de dégâts qu'un autre – le culte du capitalisme, de l'essence, de la téléréalité, de la religion organisée ou désorganisée. Le culte de la gastronomie, des partis politiques, de la littérature, du commérage en ligne ou des assos caritatives. Ces hommes font leurs preuves et finissent tous par emménager dans une école élémentaire reconvertie, située dans les bois, aussi loin qu'il est possible d'aller au nord de Westchester. Je serais bien incapable de vous dire ce qu'ils fabriquent là-bas, mais j'aime les imaginer tout à leur bonheur. Pendant un temps, j'étais assez amer à l'idée que ce groupe d'hommes ait pu réussir à détourner mon père de moi, à le changer si profondément qu'il, eh bien, n'en était plus même mon père. Mais moi-même, suis-je encore la même personne que celle que j'étais il y a une semaine, sans parler d'il y a cinq ans ? N'est-ce pas moi qui suis parti, et qui ai aussi changé ? Ne sommes-nous pas, tous autant que nous sommes, fautifs à parts égales ?

Mon tout dernier psy, de sa voix douce et entraînée, me demande de lui décrire le départ de ma mère. Comme chaque autre psy avant lui, il prétend mal ne pas être particulièrement intéressé par cet événement précis de ma vie, pour des raisons freudiennes assez prévisibles. Avant lui, je disais la vérité la plupart du temps, ce qui, je le découvrais à chaque fois, était une erreur. Nommer la torpeur qui s'installait pour ne jamais plus repartir. L'idée que ma mère ait pu se fondre dans une autre vie dont elle ne voulait pas qu'on fasse partie, et que ceci soit d'une tristesse et d'une banalité pareilles à une fougère. Une autre forme de mort en somme, une autre pièce dans laquelle on entre et dont l'accès est interdit aux vivants. Quelque chose que j'ai compris enfant, et dont je parlais aux psys qui me suivaient en toute simplicité, mais tout ce que ça m'a valu : des sourcils plissés et des exercices pratiques pour gérer la tristesse.

Et donc, avec cet ultime psy dans ma vie, je me mets à mentir. Lui raconte qu'en tant que sujet endeuillé j'étais du genre perfectionné, que je portais mon deuil à la perfection. Quand elle est partie au volant de sa voiture, j'étais déchiré au plus profond de mes entrailles, tel un sol béant, je lui dis ; je me tenais là comme un champ tandis que le godet d'un tractopelle creusait un trou en moi. Je lui raconte m'être senti blessé comme la terre peut l'être – scarifié, terrifié, mais qu'à traverser ceci j'en suis sorti sanctifié. Lui raconte qu'au premier anniversaire qu'elle a loupé j'ai écrit un mot que j'ai aussitôt avalé, telle une sorte de mur sacré. Que je ressentais tout au plus profond de mon être. Je lui fais part d'anecdotes sur toutes les façons appropriées de pleurer le départ de quelqu'un, que j'ai amassées dans les films ou les livres. Lui dis que je pleurais si fort que je faisais peur aux oiseaux dans les arbres.

La vérité, c'est que je me sentais bel et bien vide, mais pas comme une tombe – davantage comme ces trous qu'on creuse quand on est enfant pour combler le temps. Et que depuis je me suis toujours senti rempli de temps et de trous. Elle ne pouvait plus vivre avec nous, je veux dire vivre au sens propre, et donc elle est partie – ce que je comprends. Elle nous a donné ce qu'elle a pu avant d'avoir à choisir sa propre survie.

Mais quand dans cette petite pièce remplie de diplômes et de tableaux géométriques scandaleusement inoffensifs j'articule ce mensonge, il revêt aussitôt une forme de vérité et va même jusqu'à faire apparaître sur mon visage un semblant de larmes, des larmes qui, en tout état de cause, sont bien réelles et non issues d'un sentiment remémoré, mais de quelque chose qui ressemblerait à une forme de soulagement. Je sais que c'est le dernier psy dont j'aurai besoin, sourcils ridés par l'attention et la compréhension, barbe à l'apparence rabbinique, presqu'un côté Robin Williams dans *Will Hunting* avant qu'on apprenne qu'il allait se suicider. Je pleure à mesure que je décris cette nouvelle histoire que je me forge, et que pour lui je dépeins l'enfant qui se débat au sol comme des oiseaux qu'on aurait drogués. Ici, je suis à la fois l'enfant et les oiseaux, et dans ce mensonge je deviens, enfin, un bon fils.

À l'orée d'un bois situé entre deux colonies délabrées sur ce qui est aujourd'hui la péninsule Ibérique, se trouvait un puits. Mais ce puits ne remontait que de l'eau saumâtre, comme se plaisaient à le raconter les anciens, et les enfants de la ville avaient donc pour instruction de ne pas y plonger leur seau et se voyaient mis en garde contre le genre de maladie qui courrait dans le corps de celles et ceux qui y boiraient. Un jour, un garçon en provenance d'une ville un peu plus éloignée traversa la forêt, tirant une pile de livres pour Rabbi Moyshanka dans une remorque branlante derrière lui. Il arpentait le terrain laborieux à travers bois, supposant à raison qu'il s'agissait d'un raccourci entre villages, lorsque soudain il déboucha sur le puits. Ignorant des rumeurs, il descendit le seau et remonta l'eau fraîche la plus cristalline qu'il eût jamais vue. Le genre d'eau auquel on consacre des poèmes. De l'eau si transparente qu'elle aurait pu se confondre avec le ciel. Ce n'est qu'après avoir porté le seau à ses lèvres qu'il remarqua à quel point tout s'était assombri autour de lui, à quel point les arbres paraissaient avoir été changés en pierre, ses pieds enfoncés dans la boue et pour seule lumière cet écu suspendu au-dessus de lui. Et quoiqu'il fît noir, le garçon sut qu'il n'était pas seul. Son corps se déplaçait comme s'il avait été sous l'eau. Il y avait là des milliers de petits garçons, leur peau gonflée ayant perdu son opacité. Tous levaient les yeux dans l'attente que quelqu'un déverse le seau dans leur bouche ouverte, tant ils furent assoiffés d'avoir ainsi été ramenés à la lumière.

Je me réveille à nouveau dans une chambre qui n'est pas la mienne. Un piège : la première pensée qui me vient, tant il est rare que je passe la nuit – à moins que ce ne soit la lumière qui me joue des tours. Mes pouces délogent le sommeil dans mes yeux, et quand je regarde autour de moi je ne vois personne. Je tends le bras pour m'en assurer, et me laisse surprendre par ma propre main. Plus fine que celle à laquelle j'ai l'habitude, mes cuticules en bataille. Dégoûtant, me dis-je, et j'essaie dans ma tête de caler une visite au bar à ongles. Mais il y a autre chose encore qui ne cadre plus vraiment avec tout le reste. La fenêtre, épaisse et petite à la fois, ouvre sur un lointain champ d'hiver. Même l'air pénètre et quitte mes poumons de manière étrange, une netteté qui lacère les branchages pour s'immiscer dans le sang. Je promène mes mains plus haut sur mon visage, que je découvre ovale et lisse, puis je les rabaisse, et voilà des seins, des seins pleins et bombés, et sensibles surtout, un nouvel abdomen sous mes côtes et puis un autre type de parties génitales. Avant de me lever pour aller en quête d'un miroir et contempler mon visage, j'ai besoin de m'agripper encore à ce moi que je connais, et je glisse un doigt sur le pourtour de la lèvre et plonge l'index à l'intérieur, et la sensation m'est aussi banale et étrangère que cette chambre. Pervers, dis-je à voix haute, riant et secouant la tête, mais le mot dans ma bouche est bizarre, comme pris dans la glotte. Quoiqu'il fasse encore noir, j'entends les bruits d'un petit déjeuner qu'on prépare, les œufs sur le feu, et au-delà, un distant marmonnement dans une langue que d'une certaine façon je comprends tout en étant incapable de mettre un nom dessus. Je me lève, des frissons rampant le long de mon corps, et trouve cet affreux vêtement, un sac en guise de robe parcourue de fleurs de sauge que j'enfile par la tête. Je fouille la pièce des yeux à l'affût d'une surface réfléchissante, n'en trouvant aucune hormis la fenêtre, qui ne me révèle qu'un contour rempli de neige et de branches.

En tant que petite fille dans mon village, avant qu'on attende de moi que je travaille, je trace des histoires à même le sol avec mon doigt. Je remplis des livres entiers de dessins, page après page, que j'efface à peine les ai-je terminées, pour pouvoir aussitôt recommencer. Des anthologies complètes qui se déversent au bout de mon doigt. Des villes entières, vivantes, que je fais et défais de mes mains. Une toute nouvelle espèce d'anges qui se mettent à parler aux petites filles comme moi et ouvrent les portes de bâtiments immaculés et métalliques. Parfois d'autres enfants se regroupent pour me regarder faire un oiseau, qu'un mot de ma part fait s'envoler, avant que je ne l'enfouisse, aile la première, dans la terre. Quand j'ai terminé, je dessine une autre image à laquelle je fais le don du souffle. Parfois j'attire une sacrée foule, qui m'exhorte à mesure que je crée des villages entiers disparaissant aussitôt dans la pluie ; mais lorsque les vieux nous trouvent, ils me réprimandent en tendant le doigt, le même que celui avec lequel je réinvente le monde. Évidemment, aucune page ne peut me contenir. Je raconte davantage que ce que le papier ne peut renfermer. Les livres sont faits pour les histoires mortes, des parchemins écrits en langues oubliées, mais moi ce que je raconte est encore en vie, ce sont des histoires qui n'ont pas encore été écrites, ni enfermées mortes dans le cercueil relié d'une couverture. Je raconte des histoires qui, l'espace d'une minute à la surface de la terre, sont vivantes, puis qui disparaissent à jamais, retournent dans les profondeurs de la terre d'où elles sont sorties, et tout cela au seul et simple mouvement d'une main.

Je passe la plupart des journées à éplucher et couper des pommes de terre et des légumes-racines pour la cantine de la ville. Mes sœurs et moi prenons place autour du feu et rions. Les hommes débarquent, après avoir terminé leur travail dans les champs ou à la mine, pour se payer un bol de soupe épaissie d'un peu de chou ou de rognons, accompagné d'une bonne tranche de pain noir. Les moments de la journée que je préfère sont ceux que je passe ici avec mes sœurs, avant que les hommes n'arrivent. Parmi eux, un certain Levi essaie souvent de me parler, comme s'il désirait quelque chose, et l'urgence de ce désir fait trembler ma nuque de dédain. Il a de beaux cheveux, disent mes sœurs, alors je dis que c'est le cas, en effet, quoique rien en moi ne s'agite quand on parle. Ses cheveux sont longs et raides, comme la crinière d'un poney de concours bien toiletté. Quand on parle, c'est toujours froid et aussi cordial qu'un canif. Transactionnel comme un acte de vente largement consulté. Une recette qu'on se passe de génération en génération. Mais l'amour est censé être différent, non ? Je me suis toujours imaginé qu'il en résulterait une poitrine en chamade. Vous posez les yeux sur un homme et votre souffle devrait être aussitôt restauré. Une volée d'oiseaux devrait immédiatement décoller à la surface de l'eau, et non pas se mettre à paniquer au milieu du lac avant de se noyer.

J'en veux davantage, mais qu'y a-t-il à vouloir, et où aller ? La grande ville est à une semaine de marche et la route est impraticable tout l'hiver ainsi qu'une bonne partie du printemps. Et puis qu'est-ce que j'y ferais, une fois là-bas ? Qui deviendrais-je ? Abandonnerais-je ainsi mes sœurs à elles-mêmes et à cette vie sans moi ? Même Rachel, que j'embrassais quand j'étais petite, est mariée désormais et refuse d'être seule avec moi. Il existe de multiples façons de vieillir avant l'heure. Je suppose que je pourrais continuer de dire non, ou alors jouer le jeu et me trouver un homme que je pourrais tolérer. Ce qui est toujours plus que ce que la plupart des gens obtiennent, mais bien moins que ce que quiconque mérite.

Je finis par prendre un homme parce que c'est ce qui est attendu de moi. Levi me convient. C'est le fils du boucher, ce que mes sœurs trouvent très impressionnant, quoique, pour moi, il reste un homme ayant toujours besoin de laver le sang qu'il a sur les mains. J'accepte cet homme qui a été élevé pour regarder des animaux en morceaux. Alors, bien sûr, on a de la bonne viande à la maison, mais qu'est-ce que la vie aux yeux d'un homme qui perçoit le monde ainsi – comme une entité vivante qui n'attend plus que d'être désossée, qui peut se faire disjoindre à la seule lame d'un couteau ? Levi est adorable avec moi et je fais de mon mieux pour me rendre acceptable. J'accomplis mes devoirs d'épouse – je fais son lit, je fais ses enfants. Je fredonne en épinglant notre linge au ciel. Je vais faire la cuisine avec mes sœurs. J'en attends plus de cette vie, mais le seul exemple qui me parvienne est celui que nous montrent les gentils : les femmes, dans leurs tenues élaborées, des femmes somptueuses qu'on promène dans des carrioles tractées par des chevaux, des femmes si délicates qu'elles doivent être gardées hors de la boue. Mais peut-être s'agit-il d'un autre piège, non ? Être un oiseau en cage, si précieuse que vous ne côtoyez pas la poussière.

Quand viendra le moment, comment vous enfuirez-vous ?

Mon aîné est un bon à rien, et pour ça je l'aime encore davantage. Il ment tout le temps, sans raison. *Tu étais où, Herschel ?* je peux lui demander, et il me sort toute une histoire selon laquelle il regardait, allongé dans un champ, des géants chasser les avions de guerre d'un revers de main dans le ciel. *Qu'est-ce que tu as appris à l'école aujourd'hui, Herschel ?* et aussitôt il se met à parler de bébés qui naissent après avoir été arrachés à la terre par les cheveux, comme de vulgaires navets. Qu'est-ce qu'un mensonge, après tout, sinon l'imagination à l'œuvre ? Cet enfant est un paquet de nœuds bruns, toujours couvert de crasse, peu importe à quand remonte son dernier bain. Ce qui pourrait poser problème quand il sera grand, quand il sera devenu le genre d'homme susceptible de troquer ses chaussures contre un peu de vin, mais je ne m'en fais pas pour l'heure ; n'ai pas envie d'anéantir ses rêves. De cette façon, peut-être mentira-t-il assez pour pouvoir imaginer une vie en dehors d'ici.

Partout où je vis il y a un axe routier tout proche. On s'habitue tellement au bruit qu'arrive un moment où il devient impossible de dormir sans que des voitures pas loin pétrissent le goudron, sans ce fade ronron et l'odeur nauséabonde du pétrole. Comme ce qu'on dit des chutes d'eau – quoique, n'ayant jamais vécu près d'une cascade, je ne sois pas en mesure de le confirmer. La route 90, la 80, l'I-5, l'I-35. Regardez ce serpent d'asphalte qui s'enroule sur le ventre du monde. Le goudron qui s'étend dans tous les sens, pour lier le passé à l'avenir et maintenir le globe à sa place. Petite coupe prélevée sur l'Amérique en route pour l'Amérique. La nuit, j'imagine qui tient le volant. Toutes et tous en même temps, une fois pour toutes.

Le projet autoroutier visant à relier tous les États entre eux est né dans les années 50, sur les instructions de Dwight D. Eisenhower, le même à qui le complexe militaro-industriel doit son nom. Le même complexe militaro-industriel qui, en partenariat avec l'industrie automobile, a vendu l'idée que la liberté individuelle était hébergée dans les entrailles d'une voiture. Et c'est ainsi que le gouvernement, de mèche avec d'autres industries extractives à but lucratif, s'est plié à la sainte doctrine de l'*interstate*.

Et tout ceci vrombit sous ma fenêtre toutes les nuits, jusqu'aux premières lueurs du jour. Des milliers de personnes qui traversent ce maigre bain de lumière mécanique. Un semi-remorque, homme fumant aux manettes, ne tractant aucune cargaison. Une femme renversant son café en allant prendre son poste de nuit à l'hôpital. Une plaque d'immatriculation fantaisiste sur laquelle on lit J4RR1VE. Un groupe d'ados roulant à toute vitesse en direction de Providence.

Je suis mes deux parents à la fois la nuit où j'ai été conçu. Ça fait sept mois que nous sommes mariés. Je ne prends plus ma pilule depuis peu, et ça fait un bail qu'on a décidé d'abandonner la capote. On verra bien, nous disons-nous, n'ayant pas idée de la rapidité avec laquelle nous finirons par voir. Nous nous sommes rencontrés en maîtrise, au Hunter College, dans le cadre d'un cours sur la littérature futuriste. Tout futur imaginé ne relève pas forcément, apprenons-nous, de l'utopie. Souvent, ce sont les fascistes qui inventent les meilleures intrigues, qui mettent au point les plans les plus méticuleux avec leurs rats et les hommes. J'adore cette façon qu'elle avait de toujours trouver un truc cinglant à dire, le trait rétréci de ses sourcils sous cette couronne désordonnée de boucles brun-roux ; et lui, je ne l'avais pas du tout remarqué jusqu'à ce qu'il m'approche après un cours pour m'inviter à déjeuner. Nous avons menti à ses parents, qui avaient peur que leur fille ne vive avec moi. Nous enseignions dans le secondaire et ne pouvions imaginer élever un enfant à New York avec un tel salaire ; nous ne nous en sommes toutefois jamais préoccupés jusqu'à ce qu'il l'ait fallu. Il ne se passe quasiment rien cette nuit. Je mets un disque de Sly sur la platine, pendant que, à l'autre bout de la pièce, moi j'allume des bougies. Lorsque pour la première fois il se glisse en moi sans préservatif, je sens la moindre parcelle de nous s'inquiéter.

En 1897, le sociologue français Émile Durkheim a théorisé quatre types différents de suicide – le suicide égoïste, altruiste, anomique et fataliste –

J'adore la façon qu'ont ces mots de paraître sûrs et clairs. J'adore tout ce qui est en mesure de découper et ranger la souffrance au gré d'une taxonomie impeccable vers laquelle on puisse se tourner quand on est paumé, tout en hochant la tête d'un air entendu.

Durant une bonne partie de ma vie, le concept de pulsion de mort m'échappe totalement ; je pensais que ça voulait dire, comme tout le monde, vivre sa vie comme si on était déjà mort. Quentin, étudiant en psycho, me détrompe. Il m'explique également que Freud ne croyait pas à l'existence d'une pulsion unique, mais multiple, plurielle – telle la tresse qui donne sa forme à notre vie. Il dit que la pulsion de mort se manifeste comme une agression, une compulsion, une autodestruction, et qu'elle représente le contraire de l'éros. Je ne lui ai pas encore avoué que je l'avais trompé. Plein de fois. Est-ce que l'éros est vraiment le contraire de la pulsion de mort ? Je me demande ce que serait la pulsion conduisant au néant. Conduisant à devenir une fosse ouverte. Un panneau publicitaire recouvert de kudzu ? Un ange de pierre battu par la pluie jusqu'à revêtir une autre forme ?

Anne Sexton, pour la quatrième de couverture du *Corbeau* de Ted Hughes, écrit : *Que tous les poètes du monde entier se prosternent d'admiration et d'effroi.*

Une semaine avant la mort de sa chère amie Sylvia P., Sexton compose le poème « Vouloir mourir ». Dix jours plus tard, elle s'ôte la vie dans sa voiture, dont elle laisse tourner le moteur.

L'homme dort encore quand j'écris mon mot, que je glisse aussitôt dans ma poche. L'encre n'a pas le temps de sécher, j'écris avec l'un de ses stylos plume personnalisés – le texte bave et devient illisible à peine ai-je plié le mot :

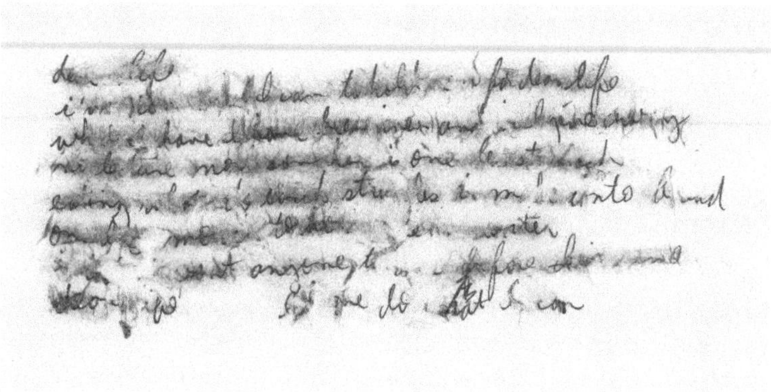

Je vois mes mains devant moi, agrippées au volant. Elles ont l'air étranges, comme séparées de moi-même d'une certaine façon, un peu comme quand on regarde quelqu'un d'autre jouer à une borne d'arcade. Les lignes blanches sur la route pixellisent presque, dans leur rectitude. Quelque chose que je ne peux localiser est aux commandes de ce corps aux commandes de la machine. Cette voiture est une cage de plastique et de métal qui bouffe de l'essence comme elle bouffe des femmes. D'une façon ou d'une autre, il faut que je m'en aille d'ici. Mon mari chante du nez et ça sonne faux :

L'esprit qui explose hors de la voiture / Les feux les feux les feux les feux qui changent

Mon fils est sur la banquette arrière ; il lève les yeux au plafond, les lève si haut qu'on ne voit quasiment plus que le blanc. Il a l'air possédé.

Il n'y a plus rien devant moi.

Je me vois comme en avance sur moi-même, comme si je visionnais une vieille VHS avec un décalage entre le son et l'image. Je me vois lever le bidon pour asperger la silhouette au sweat rouge, l'odeur qui inonde les sens avant d'habiller la silhouette de flammes. L'espace d'un instant, on aurait presque l'impression qu'une énorme paire d'ailes blanches s'enroule autour d'elle.

Quinze manifs ce mois-ci. Chacune, à l'image de la poésie, ne fait rien advenir, se contente de survivre. Je nous observe hurler sur les flics, sachant qu'ils n'ont rien à voir avec les politicards qui ont militarisé leurs financements, ou financé leur militarisation ; eux-mêmes rien d'autre que des pantins aux mains de systèmes qui continueront leur cortège mortuaire bien après nos petites morts. Nous savons que celles et ceux qui profitent le plus de la souffrance des autres ne sont pas là, qu'ils et elles flottent au-dessus de ce monde dans leurs jets privés, dans leurs penthouses crevant les nuages de ce roman dystopique dont ils ont fait une réalité. Et pourtant nous sommes là. Tout ici se substitue à une sorte de violence régnant ailleurs. Première règle de sémiotique. Pour réparer quelque chose ici sur terre, nous devons dans un premier temps déchirer la page. Qu'y a-t-il d'autre à faire de cette unique et terrible vie qui est la mienne ?

Le livre est posé sur l'ancien secrétaire à cylindre de papa, paraît illuminé de manière théâtrale, la matière dont est faite sa couverture ne réfléchissant pas la lumière. Je suis encore jeune, et n'ai en principe pas le droit d'aller dans son bureau, même quand il n'y travaille pas. J'ai à mes pieds mes chaussettes d'hiver pour ne pas faire de bruit, les rouges, et j'approche lentement, de derrière, comme on le ferait d'une grenouille. J'aperçois sur la couverture un drôle d'alphabet, vaguement hébraïque mais pas tout à fait – on dirait quelque chose de plus ancien, dépourvu d'accents. Le livre se met à battre et je fais un bond en arrière quand je vois que les pages paraissent presque respirer, comme si de l'autre côté se trouvait un truc qui cherchait à s'échapper. Je tends lentement le bras pour soulever la couverture et ne découvre qu'une série de pages vierges ; j'écris donc mon nom sur l'une d'elles, avant de reculer rapidement dès que le livre se remet à battre. Ouvert là à plat, le livre prend une profonde inspiration, puis, d'un seul coup, des insectes commencent à ronger la page où j'ai écrit mon nom, avant de se déverser, toujours plus nombreux, dans la pièce.

Je fuis juste avant la révolution. Avant que nos noms puissent être sortis d'un registre ou l'autre. Ça se voit au vent, dans quel sens va l'histoire, et donc moi, qui suis issu d'une famille experte en déchiffrement du vent, je décide de ne pas me mettre sur le chemin de l'histoire. Nous ne sommes dans ce pays que depuis quelques générations de toute façon, et pour nous cet endroit n'avait rien de plus folichon que tous les autres. J'ai eu le poste à l'usine parce que c'est mon père qui vend la graisse animale provenant de sa boucherie et qu'il a dit un mot en ma faveur. Nous fabriquons du savon. Qu'y a-t-il de plus ennuyeux que le savon ? La graisse animale est livrée dans de grandes caisses en bois. On la sent avant même que les charrettes n'approchent les portes, la pestilence est quasi biblique – pareille à l'un de ces anciens fléaux, un fleuve débordant de poissons morts. Mon métier consiste à éventrer les caisses puis à déverser par pelletées cette puanteur gélatineuse dans de grands barils en métal, qui sont ensuite pris en charge par des hommes gantés. Moi je n'ai pas droit à des gants pour manier la pelle. Telle est ma tâche, jour après jour – mon pain quotidien, des pelletées de graisse – et en très peu de temps je développe un ensemble particulièrement peu attrayant de muscles bien précis du côté droit, au niveau de l'épaule, du bras et du dos, ce qui me fait ressembler à un arbre bancal et gorgé de pluie. Moitié homme costaud, moitié crème périmée. Le soir, j'utilise le savon que nous fabriquons à l'usine pour laver le sang pourri de sous mes ongles. Quel genre de vie c'est, ça, pour un amoureux des livres ? Qui lui-même aurait choisi la voie des livres, n'était toute cette bondieuserie autour ? Ma femme refuse de me toucher désormais à cause de cette fichue odeur. Et puis de toute façon, elle est bien trop crevée après avoir joué à la maîtresse d'école toute la journée. Je n'ai jamais été un homme débordant de joie, mais quand même – quelle tristesse, quelle absolue banalité, que d'être une énième personne à qui l'histoire se contente d'arriver.

Les histoires qu'improvisait ma mère quand j'étais enfant étaient tellement échevelées que, maintenant que je suis un homme, je ne peux supporter de rester dans ce pays froid et rustique. Elle me parlait de villes où les édifices s'élevaient plus haut que les arbres. Où, à leur sommet, derrière des murs de verre, on pouvait se prélasser dans un bain d'eau chaude. Elle me parlait d'agrumes. Me racontait que des chevaux métalliques flanquaient des rues pavées de pierres si régulières qu'on aurait dit une seul et unique roche taillée à la perfection. Elle était plutôt morose comme femme, je le voyais bien, même si évidemment elle n'en parlait jamais directement. Tous les Juifs sont tristes, disait-elle ; la tristesse, ce droit dont nous héritons à la naissance. Elle endurait mon père – un homme bête dont la seule passion était son commerce, le commerce de découpe animale –, et le tolérait dans toute sa stupidité. Le soir venu, elle chuchotait toutes ces histoires d'un monde au-delà de notre petit village, d'endroits où il ne fallait pas traîner l'eau jusque chez soi quand on voulait boire, où les gens n'avaient pas à vivre dans la peur d'hommes armés d'épées, n'avaient pas à porter tout le temps les mêmes vêtements, jour après jour. Évidemment, c'était bien avant que des hommes débarquent à cheval chez nous, avant que la vraie boucherie ne commence à se répandre aux quatre coins du pays. Elle avait des prémonitions, je suppose, de ce qui allait advenir de nous. Et donc les histoires qu'elle racontait ne parlaient jamais d'ici, mais toujours d'ailleurs, chacune d'entre elles murmurant au creux de son sous-texte, murmurant juste sous sa surface : *cours.*

Fuir – ce mot est vraiment affreux. Regorge de lâcheté. Je préfère la notion d'*échappée*, un mot qui revêt une certaine force, une direction, qui défie le sol. Je reste caché deux jours sous un tas de paille dans la cale d'un bateau à destination de l'Amérique, avant que ça ne devienne insupportable. Tous mes fantômes sont enfermés ici avec moi, mais je me débrouille plutôt bien pour ce qui est de les ignorer. Je pense assez peu à la famille que j'ai abandonnée, mes pensées occupées seulement par la puanteur de cette fichue paille qui se fait de plus en plus putride, partiellement digérée, d'une humidité digne de l'Ancien Testament. Du moment que je gagne ma croûte, on ne me jettera pas à la mer ; alors je serre les dents en faisant leur vaisselle. Je suis jeune et n'aurais pas dû me marier à cet âge. C'était ça qu'ils voulaient que je fasse à longueur de journée, déplacer des pelletées de graisse derrière l'usine à savon ? M'auraient-ils un jour promu à ce poste tant estimé pour lequel on a le droit de s'échiner à l'abri ? Le tout pour pouvoir économiser un an de salaire en vue d'acheter une paire de chaussures à mon fils ? Non. Moi ce que je veux par-dessus tout, c'est pouvoir me poser quelque part avec un livre entre les mains, avoir le temps de peindre à l'aide de couleurs simples, sauf qu'évidemment mon dieu a voulu me rendre daltonien. Ce n'est pas si pire, en réalité, d'être lâche, si ça veut dire rester en vie.

Impossible de décrire à quelqu'un qui ne l'a pas vécu ce que font au corps des mois passés en mer. Quelqu'un dont les sens n'ont pas été chamboulés et happés par la nature de l'eau. Le corps commence à se mentir, prétend que le monde entier est constitué d'eau et l'a toujours été, que la terre ferme est un mythe destiné à faire peur aux enfants. L'estomac se dégonde, se fait baromètre inutile. Les yeux se concentrent comme ils peuvent sur un point fixe, n'importe lequel, mais le corps se souvient en fin de compte que rien n'est jamais fixe, pas même l'horizon. Je passe des heures entières sur le pont du bateau à fumer, jusqu'à ce que mes cigarettes s'épuisent, et je fais de mon mieux pour m'attarder sur un point fixe sans le lâcher des yeux. Qu'est-ce que je donnerais pour revoir la terre. Que se passerait-il alors ? Est-ce que je vais me souvenir de comment marcher sur la terre ferme sans me casser la figure ? Est-ce que je vais me laisser gagner par la nostalgie de l'océan ? L'instabilité des principes même les plus élémentaires de la pesanteur. Certaines personnes vivent pour la mer, viennent d'un peuple maritime. Pas moi – moi j'ai été élevé au levain ; ce qui sort des entrailles de la terre, voilà ce qui a toujours été ma monnaie d'échange. Ma mère me racontait des histoires sur la mer, mais ne faisait que les dessiner sur le sol du bout du doigt, et c'est de là que je viens. Là qu'est ma place, sans que jamais je ne sois à ma place. L'horizon, en cela pas bien différent de la mort, est le point au-delà duquel toute perception s'éteint, dont il est impossible d'imaginer l'autre côté. Quand sur le pont quelqu'un crie enfin terre en vue, je sais que c'est ça que la personne veut dire. Regardez, mes frères, voyez là-bas au loin, là se trouvent les limites de notre imagination.

Ezra : Déso de t'avoir ghosté.

Ericka : …

Ezra : PARDON !!

Ericka : ça fait genre six mois connard.

Ezra : Jsp, j'étais juste triste.

Ericka : tout le monde est triste mec.

Ezra : Oué mais moi j'étais genre troooop triste. Mais g l'impression que les choses pourraient commencer à aller mieux.

Ericka : génial. super pour toi. suis toujours vénère.

Ezra : Ça va toi ?

Ericka : non bitch, bien sûr que non.

Je vais au Nowhere pour regarder les résultats de l'élection. C'est censé être une soirée à thème. Au bar tout le monde doit se mettre en tenue bitchy, à moins qu'il n'y ait pas vraiment de thème à cette soirée et que les gens se soient juste sapés pour leur occasion personnelle. À mesure que la nuit s'installe, toutefois, et que les résultats commencent à tomber, on sent le sol du minuscule *dance floor* se dérober. Lentement la musique s'estompe et on reste tous plantés là, en sous-vêtements et harnais, à léviter au-dessus d'une fosse vide sans que personne bronche. Nous sommes plusieurs à sortir sur le trottoir, toujours en jockstrap et en cuir, et nous éprouvons une certaine gratitude envers cette décharge de froid, clope au bec et regard maussade qui dans le caniveau dégoutte. Dégoûtés. Je ne me suis jamais senti aussi nu. Je me prends une part de pizza, qui est totalement insipide, c'est à peine si je sens le fromage me brûler le palais. Les uns après les autres, les gens quittent le bar, seuls ou en couple, en quête d'un peu de réconfort. Je retourne à l'intérieur récupérer mes vêtements, puis m'habille lentement dans le froid, avant de traîner mon corps au hasard des rues. Je ne pourrais pas rentrer seul chez moi, dans cet appartement qui grouille de fantômes ; je ne tiendrais pas en place, ferais les cent pas dans l'appart dans ma tête. Alors je déambule plutôt, passant devant les vitrines des rez-de-chaussée, où ça requinque d'entendre tous ces gens en sanglots ou complotant à demi-mot. Quand je descends dans la station de métro, tout le monde promène les yeux au-delà du quai sur les rats qui ignorent que les choses viennent de changer, et qui un jour hériteront de tout ceci. Toute la ville en deuil, échine courbée, tiges coupées, capitules avachis. Je passe la langue sur cette nouvelle blessure accrochée à mon palais et remercie la douleur qui me maintient les pieds sur terre.

Je regarde un vieux monsieur avec un long bâton et un chien conduire son modeste troupeau dans Nostrand Avenue, en plein milieu de la rue. Elles déambulent parmi les voitures, invisibles. Elles doivent être une vingtaine, des bêtes ébouriffées, à défiler devant les Burger King et les panaderias. Si on s'approche, leurs yeux ressemblent à des coups de poignard dans une toile. Je tends le bras pour en toucher une, sa laine épaisse et chaude sous ma main, comme si je m'agrippais à un lointain soleil. Elle tourne la tête pour tenter de me mordre de ses grandes incisives jaunes, alors je fais un pas en arrière et me contente de regarder ce troupeau traverser lentement la ville.

Quand les gens meurent, ils abandonnent derrière eux leur bibliothèque. Une vie entière passée à collectionner les livres et voilà qu'ils tirent leur révérence sans avoir précisé ce qu'il fallait en faire. Je candidate sur un coup de tête et trouve du boulot dans cette librairie du Lower East Side, qui vend des livres d'occasion. Je travaille là durant toute ma dernière année ; je n'aurai jamais tenu aucun boulot aussi longtemps – ni aucune relation, soit dit au passage. Je suis franchement surpris que ce type m'ait embauché, sans expérience, sans charisme ni aucun piston. Toutes celles et ceux qui sortent de fac avec un diplôme de lettres en poche veulent se dégoter une place dans une librairie new-yorkaise – jusqu'à ce que tombe leur première paye, évidemment.

L'une de mes tâches à la librairie consiste à répondre au téléphone (ce que je fais horriblement mal, la faute à cette phobie propre à ma génération) et prendre des notes pour la personne qui achète les livres. Vingt cartons de manuels de chirurgie rares, un carton de littérature hollandaise et allemande en version originale, un sous-sol entier rempli de polars en poche. À chaque fois je laisse un mot à l'intention de Lukas pour qu'il puisse rappeler la personne et convenir d'une heure pour passer à la librairie ; ou alors, quand ça vaut le coup, c'est nous qui nous déplaçons dans le petit fourgon blanc. En règle générale, les gens que j'ai au téléphone sont exaspérés, et on entend leur chagrin lentement caillebotter en une forme de mépris dès qu'ils s'imaginent que je cherche à les arnaquer. Personne n'arrive à croire que la bibliothèque de l'être aimé puisse valoir si peu. Un mur entier couvert de livres qui représentent toute une vie consacrée à l'étude et au soin méticuleux ne peut se résoudre, au bout du compte, qu'à une centaine de dollars suintant de sueur au fond de leur poche. Je fais ici le serment de ne jamais laisser derrière moi quoi que ce soit qui puisse causer à quiconque le moindre tourment, ni l'empêcher de dormir ou lui faire perdre du fric.

Mon boss donne l'impression d'être né dans sa librairie, ses cheveux d'un blanc électrique, même quand il était gosse, ce qu'on peut voir sur la photo qui trône sur son bureau, prise dans une campagne depuis longtemps à l'abandon. Si vous deviez dessiner un Allemand à la carrure aiguë en puisant dans votre imagination la plus brute, il y a pas mal de chances qu'il ressemble à Lukas. Il est propriétaire de cette boutique depuis les années quatre-vingt, un assemblage hétéroclite de vieux bouquins empilés jusqu'au plafond, et vaguement organisé par genre inventé : *Œuvres choisies de dieux déviants. Mythes & faits. Poésie des endroits disparus.*

Mes autres fonctions consistent à cataloguer et alphabétiser ; à dire bonjour aux gens qui franchissent le seuil de la boutique et à leur souhaiter une bonne journée quand inévitablement ils remettent les pieds dehors, généralement sans rien avoir acheté ; lancer un regard désapprobateur si d'aventure quelqu'un venait à glisser un vieux volume dans son jean ou son sac à main, mais rien de plus – juste un regard. Si quelqu'un a vraiment envie de voler un livre, je me dis, c'est que la personne en a vraisemblablement besoin. Une fois, un gamin est revenu avec un exemplaire enluminé du Coran, qu'il avait chapardé des semaines plus tôt. *Désolé*, il a fait, *j'étais vraiment mal et j'avais juste envie d'un truc joli.* Je lui propose de le garder.

Je préfère les matins, quand la librairie est encore vide et que la lumière traverse la vitrine pile comme il faut, toute la poussière prenant, dans ses rayons, la forme de lignes impeccables, qui bougent à peine ; je peux alors lire une belle phrase, oublier que je l'ai lue, et lire cette même phrase à nouveau.

En traversant Crown Heights, je n'arrête pas de vérifier et de revérifier que mon téléphone est bien là dans ma poche, histoire de m'assurer que je ne suis pas en train de riper. Petit fétiche de métal et de verre qui m'enracine dans le présent. Je peux, si je veux, dénicher des photos de ce quartier datant d'une centaine d'années et voir les mêmes personnes tirer leurs enfants à leurs basques pour aller à la *shul*. Et moi qui au milieu d'eux sors ce petit visage de verre pour prendre un selfie ou envoyer un SMS à quelqu'un de vivant. Parfois, quand je cherche mon téléphone, il est là dans ma poche ; mais parfois elle est vide et tout ce que je sens, ce sont les contours de mon tsitsit.

Nous ne vendons pas de livres neufs, et c'est mieux ainsi. Tout ce cinéma qu'on fait en permanence autour des nouveautés littéraires, surtout à New York. Ça fait du bien d'avoir un endroit où recueillir tous ces titres largement oubliés. Où pouvoir se rappeler que même les livres les plus glamour et acclamés, ceux pour qui la critique ne tarit pas d'éloges, finiront eux aussi par disparaître des mémoires et venir hanter les rayons des librairies d'occasion comme la nôtre. Un sanctuaire, en quelque sorte. Où tous les éléphants de cirque se retirent pour finir leurs jours en paix, sans plus avoir à se mettre en scène pour qui que ce soit. Même les livres importants, les livres qui un temps ont accaparé l'imagination du pays, ceux dont on a tiré des films populaires ou qu'on a réimprimés avec le visage d'acteurs et d'actrices célèbres en couverture, qui ont conduit à un assassinat ou ont fait les gros titres, mémoires encensés de grands hommes disparus, se languissent désormais sur des étagères aux côtés d'inconnus – leurs contemporains, leurs ancêtres, leurs descendants –, dans l'attente désespérée que quelqu'un, n'importe qui, les choisisse, les caresse, les regarde. Ces écrivains qui jadis étaient des géants, et dont on disait qu'ils résisteraient haut la main à l'épreuve du temps, ont eux aussi succombé à son passage, et ils se dressent aujourd'hui, dos à nous, à une hauteur inatteignable sans échelle, certains d'entre eux là sur leur étagère depuis un dixième de siècle, au bas mot. Dans les heures de creux, je m'efforce d'aller leur rendre visite, de leur tenir un peu compagnie, pour redessiner la raie dans leurs cheveux et leur masser le dos avec un peu d'huile. J'imagine qu'on doit se sentir bien seul après tant de louanges, lorsqu'on se retrouve presque complètement ignoré. Sont-ils finalement mieux lotis, ces livres qui n'ont jamais eu droit qu'à un nombre restreint de lecteurs dévoués ? C'est finalement peut-être pire, quand on a à ce point été aimé, non ? *Bonjour mes jolis*, je leur lance quand je déverrouille la porte en arrivant le matin, avant de les entendre me répondre, chacun dans son propre registre, las, en plein cœur de sa retraite.

Un jour, durant ma dernière année de lycée, un garçon de la même ville que moi a brûlé vif dans sa voiture tandis qu'il se rendait au bahut. Il avait bu. Je suis en cours de spé histoire quand ça se produit et je ne l'apprendrai que plus tard dans la soirée. En classe, on aborde la notion d'éthique militaire, qu'est-ce qui justifie le meurtre, la morale sur laquelle reposent les dégâts collatéraux. Le lendemain, lors de la réunion du groupe de prévention sur le suicide, la chorale se lance dans sa propre version de « My Heart Will Go On ». Le truc était encore tout chaud du dernier recueillement organisé par le bahut. Nous entendrons ce classique de Céline Dion se déverser des mêmes vingt-cinq bouches à cinq reprises cette année-là – alors même qu'on sait très bien que non, mon œil ; le cœur ne tiendra pas.

La plupart du temps, les livres sont déposés dans de vulgaires sacs de courses en plastique, ou alors ils sont là sur le trottoir dans leurs boîtes en carton quand j'arrive le matin. Parfois, un antiquaire professionnel passe nous voir avec un sac en toile rempli de bouquins qu'il compte revendre, récupérés lors d'un vide-grenier ou après la faillite d'une librairie. On voit clairement, à la façon dont cette personne manipule les bouquins et en parle qu'elle ne les aime pas, que l'argent les a transformés en n'importe quelle autre monnaie d'échange. Une femme en manteau de vison, nattes brunes bien serrées, s'impatiente pendant que nous évaluons ses livres – elle vend toute une collection de classiques grecs et latins publiés dans la Loeb Classical Library, des titres courants, comme *Phèdre*, quelques Sénèque –, et de façon prévisible se renfrogne quand on lui en propose moins que ce que lui aurait donné la grande librairie d'occasion un peu plus loin. Je me demande alors : pourquoi, quand on a un manteau coûtant cinq mille boules sur le dos, tenir à ce point à ses trente dollars en liquide ? Mais on voit bien à la façon dont elle les regarde, posés là sur la table, que pour elle il ne s'agit pas de livres. Il n'y a à ses yeux que le corps de cet homme qu'elle vient de perdre, étendu là dans sa jaquette verte et virginale. Un frère, sans doute, parti selon ses propres volontés, des volontés que personne ne comprend. Elle aperçoit sa main qui ouvre la couverture de ce grand dialogue pour lequel nous venons tout juste de lui offrir un dollar et cinquante cents, quand bien même cet homme est probablement ailleurs désormais, à converser avec ce philosophe mort, lui aussi. Mais la vérité c'est que peu importe, au fond, la somme qu'on aurait pu lui offrir – aucun montant ne suffira jamais à ramener cet homme ici, dans cette pièce avec nous. Une larme égarée perturbe son maquillage impeccable, et elle cligne violemment, folle de rage à l'idée du sel qu'elle verse, dit *très bien*, cash en main telle une gerbe de fleurs destinée à couvrir l'odeur de la mort.

Mes clients préférés sont celles et ceux qui lisent à longueur d'années et revendent leurs livres chez nous, utilisant l'argent de la librairie pour en racheter d'autres. Pour ces gens-là, la librairie n'est pas bien différente d'une bibliothèque municipale, et c'est ce que je préfère dans cette boutique – que, dans les meilleurs des moments, elle puisse donner l'impression d'exister en dehors du temps et de l'argent.

Je me retrouve à déambuler, comme souvent quand je n'arrive pas à dormir, et on dirait bien que je n'arrive plus jamais à dormir ces temps-ci. La ville est plutôt calme la nuit, ou le village silencieux avec tous ces gens dans leur lit, ou alors le désert est glacial autour de moi et je m'emmitoufle dans toutes ces couches pour me protéger du froid. Où que je sois, j'entretiens un feu au creux de la main ; j'inspire ce feu pour le garder en vie. Fredonne une sorte de chanson, que je porte en moi avec le feu à mesure que j'avance, la nuit pareille à un vieux manteau sur mes épaules. Le paysage se déroule lentement tandis que je le traverse d'un bout à l'autre comme le curseur étire une ligne de texte, de droite à gauche puis retour, tâchant d'entretenir cette espèce de mensonge d'un mouvement linéaire. Les créatures sortent toutes la nuit pour me jeter leur regard noir ou me serrer les mains. Des étrangers m'abordent pour une cigarette. Je partage ce que j'ai, sachant qu'il y en aura toujours un autre paquet.

À de rares occasions, nous allons récolter nos achats dans le fourgon de Lukas. Dès que ça dépasse les trente cartons ça vaut le déplacement, surtout si ça promet de remplir l'une de nos sections vides. On fait la plus grosse partie du trajet en silence, et je me laisse à chaque fois surprendre en voyant à quel point la ville est différente à cette hauteur – même le plus infime des ajustements suffit à changer votre perspective. De temps en temps il me signale un coin de rue et me fait part d'un souvenir, datant souvent des années 80, en lien avec une pseudo-célébrité morte depuis des lustres et ayant déjà disparu, généralement, de l'imaginaire collectif. Pour lui, comme pour toute personne vivant assez longtemps, les coins de rue se transforment vite en lieux hantés.

Ainsi ai-je l'occasion de pénétrer des yeux plusieurs New York ; chaque appartement donne accès à une existence vaincue ou sur le point de disparaître. Je ne dis jamais rien quand Lukas parle et tend l'enveloppe remplie de billets. Mon job consiste à transporter les cartons jusqu'à l'ascenseur, ou pire – et plus souvent –, à les descendre à pied, sur trois ou cinq étages, et je m'arrête alors parfois sur un palier pour reprendre mon souffle et me réhydrater avant de poursuivre. Quelqu'un quitte la ville pour aller en maison de repos après avoir vécu trente-cinq ans dans ce deux-pièces. Une tante est décédée dans son sommeil et voici les vestiges de sa vie, éparpillés ici autour de nous, au milieu des bouteilles de parfum et des vieilles affiches de comédies musicales. Un frère s'est pendu dans la cuisine, et voici la bibliothèque qu'il fixait en pendouillant là-haut. À part ça l'appartement est vide, et je me demande si sa vie était à ce point spartiate ou si on a déjà emporté ce qu'il restait de lui. Toutes ces vies en transit qu'on fourre dans des cartons, toutes ces vies étalées ici parmi les couches de poussière – ces grains de poussière qui se rejoignent comme des enfants sur tout ce que ces gens ont lu et voulu garder. Je les sens, toutes ces vies, dans mes genoux et mes reins, à mesure que je les descends à bout de bras jusqu'à la camionnette.

Après avoir été menacé de mort au lavomatique, je décide de poser un jour de congé. C'est un privilège, je le sais, de pouvoir ainsi prévenir qu'on est malade, de pouvoir mentir et d'être cru. Il était furax, le type, hurlait contre quelqu'un pour Dieu sait quelle raison, un manque de savoir-vivre réel ou imaginaire. Et puis, quand il n'a plus été en mesure de pousser sa gueulante sans que ça devienne un crime, il a redirigé sa rage ailleurs, a élargi sa focale et s'est mis à proférer des menaces de mort à tous les présents, c'est-à-dire moi et un autre mec. *Je vais tous vous buter les uns après les autres bande de tarlouzes.* C'est à ça que je comprends que je suis visé. J'ai beau ne pas avoir retiré le casque de mes oreilles, il est clair que je l'entends parfaitement, que j'ai conscience d'avoir été apostrophé. Je ne prends pas le temps de plier mes vêtements et les fourre vite fait dans mon sac tandis qu'il vient se poster pile sous mon nez – ce mec sent tout sauf le lavomatique. Je m'apprête à recevoir son coup de couteau, contracte mon souffle pour pouvoir mieux accueillir la lame. *Ça serait tellement le pied de te crever,* dit-il au moment où je suspends le sac à mon épaule. Il est si près de moi que je sens son haleine s'immiscer en moi quand je m'éloigne en prétendant n'entendre que ma musique, Debussy ou quelqu'un de mort bien avant l'invention de la machine à laver industrielle. De ceux qui, lancés à la poursuite d'une musique authentique, ne pourraient jamais s'emmerder avec tout ce bruit. Je me sens prêt en quelque sorte – prêt pour cette lame –, et suis surpris de constater que l'idée de mourir ne me rend aucunement triste ni ne me met en panique, pas plus qu'elle ne me rend particulièrement désireux d'éviter toute douleur. Les cas de violence se multiplient partout, étonnamment ou non, y compris dans cette ville. Une fois rentré chez moi, je plie lentement mes vêtements encore humides. Suspends ce que je peux au radiateur, aux poignées de porte, aux étagères de la bibliothèque. J'accomplis mon devoir de « bonne personne » en tâchant de compatir avec ce type, maintenant qu'il y a, entre lui et moi, une distance de sécurité suffisante, mais je me rends compte alors que je ne sais rien de lui, hormis sa façon de s'habiller et ce penchant temporaire à la violence ambiante. En fin de compte, j'en viens à la conclusion qu'il devait avoir ses propres raisons, qu'en toute probabilité je le méritais, mais bizarrement rien de tout cela ne me réconforte.

Comment Amazon décrit *Les eaux miraculeuses Z'Rebs* :

Vous vous souvenez du déluge ? Vous y avez survécu. Vous étiez sur un bateau qui flottait au-dessus d'une planète inondée. C'était vous. L'eau a le pouvoir de détruire tout comme l'eau a le pouvoir de purifier, de sanctifier. Vous vous souvenez de la fois où le prophète a cogné son bâton contre un rocher d'où a jailli une eau cristalline ? Vous y étiez, vous regardiez la scène bouche bée d'admiration à mesure que la pierre solide s'ouvrait pour laisser place à la vie même. Qu'est-ce qui rend donc la vie possible si ce ne sont les propriétés clarifiantes de l'eau ? Et de quoi sommes-nous principalement faits, sinon de 60 pour cent d'eau, 30 pour cent de chair, et 100 pour cent de Dieu ? Dites-moi, où étiez-vous pendant toutes ces années, mon frère ? Ces eaux ont été cultivées au fond d'un puits sacré, béni par un homme de Dieu dans chacune des langues qu'il nous reste, toutes plus saintes que saintes, si vous voyez où je veux en venir. Nettoyez donc cette saleté ! Vous vous souvenez de votre errance, longue de plusieurs générations, dans le désert ? Voici sous forme liquide la matière vitale que nous portions en nous tout ce temps. Faites-moi confiance, ainsi qu'à vos aînés, les autres Maggids d'Ephratah, dans l'État de New York. Commandez dès aujourd'hui, et vous recevrez en cadeaux un rouleau de prière et une casquette. Il est temps de reprendre votre vie, oui votre vie, en main et de la restituer au vieil ordre des choses.

Après le départ de maman, la maison sombre dans une sorte de shiv'ah improvisée. Nous n'allons pas en cours, papa recouvre tous les miroirs, et nous nous asseyons au ras du sol, même si de toute évidence aucun corps n'est ici. Aucun mort n'est ici, ni personne. De toutes les nombreuses formes de deuil qui existent, nous nous retrouvons affublés de celle où clairement nous, ni papa ni moi, ne suffisions – et à qui d'autre attribuer la faute ? À chaque fois que des gens nous rendent visite, c'est pour nous amener des fruits et un langage qui sonne horriblement faux :

Je suis navrée... Elle aimait beaucoup... Quel malheur... Je me souviens... Ça va aller...

Ce vers quoi je retourne le plus souvent est cette sensation d'engourdissement. Combien de mes jours auront été d'épais bancs de brume grise ? Pendant vingt ans, je fume tous les soirs. Et puis il y a cette période où je vis dans ce vain hamac d'opiacés, dont le berceau m'enserre si fort que j'ai l'impression d'être un agneau nouveau-né dégoulinant. Je n'irai pas jusqu'à dire que ça a régné sur ma vie ni que ça l'a ruinée, mais c'était un rituel quotidien, de petites vacances un peu vierges, la poursuite d'une désincarnation – et voilà maintenant qu'une bonne part de toute cette urgence, tandis que je passe en revue ce qui fut et ce qui aurait pu être, se voit remplacée par cette sorte de brouillard que j'ai collectée comme un moyen de survivre à mon propre esprit. J'ai essayé de faire de ma vie ce que j'imaginais que la mort serait, une couverture lestée, les bras d'un édredon qui s'enroulent autour de vous à mesure que vous regardez votre propre histoire se dévider sur l'écran qui vous fait face. Bien sûr, je réalise toutefois aujourd'hui que la mort est tout le contraire. Elle consiste à vous faire tout revivre, brume devenue sensible, les moindres vestiges, sentir l'aiguille s'enfoncer centimètre par centimètre, puis ressortir, puis s'enfoncer de plus belle. L'empreinte qu'on laisse sur le monde, laissée à jamais en soi.

Ce que disent les gens sur Amazon des Eaux miraculeuses Z'Rebs :

Sent trop bon ! Idéal en brume rafraîchissante, ça aide vraiment à redonner du pep's au style d'hier

Génial. Léger. Rafraîchissant. Super sensation sur le cuir chevelu.

Muy buen producto, deja el pelo con buen volumen que dura hasa el próximo lavado y no deja. el pelo tieso, se siente liviano, lo volveré a comprar, es muy bueno y he probado muchos otros

J'ai un cheveu fin et inerte. Ça ajoute le volume qu'il faut. J'adore !

Ça donne un bon volume...

Attention à la taille. Minuscules paquets de 10 ml. Très très petit.

Je suis furieuse 😠 ce truc est bidon

J'adore. J'ajoute un peu d'huile de myrrhe et de menthe poivrée.

Ça marche

Au moment précis où je quitte mon corps, on me soulève. On me transfère du brancard vers le lit d'hôpital. Ce qui en dit long : le fait qu'on n'ait pas encore inventé une tout autre méthode pour accomplir ce vieil acte inexorable, qu'on doive encore se fier à la technologie des mains quand il s'agit d'être soulevé. Encore aujourd'hui, à l'heure de la cartographie du génome, de la téléconsultation et des opérations au laser, on compte toujours sur les mains pour soulever un corps d'un lit à un autre. Il y a là-dedans quelque chose de réconfortant. Que certaines choses puissent être ainsi parfaites déjà, ou imperfectibles.

L'imposition des mains est un rite chrétien capable d'ordonner les membres du clergé, de transmettre une croyance ou de bénir l'esprit. Son antécédent dans le judaïsme, qu'on appelle la Semikah, signifie la transmission de la Torah et représente une tradition dont la chaîne est ininterrompue. Lors de ma bar-mitsvah, que j'ai détestée, on a fait passer le rouleau des mains de ma grand-mère à celles de mon père puis aux miennes, et j'ai levé ce truc au-dessus de ma tête, de la même taille quasiment que mon torse, avant de le dérouler pour pouvoir lire – ou plutôt réciter ce que j'avais appris par cœur tout en faisant semblant de lire – l'histoire d'un homme pris au piège d'une baleine. La morale là-dessous : Dieu te voit, où que tu sois. Sur le coup, ça ne m'a pas paru évident, bien sûr, mais maintenant je n'arrive plus à penser au moindre contact autrement. À mesure que les mots pénétraient en moi, ils étaient comme renouvelés – des générations de contacts qui se déversaient de ma bouche.

Voici ce qui s'est passé dans un village proche de ce qui, aujourd'hui, est la ville d'Utena. Chaque hiver, les nuits s'étiraient, toujours plus longues qu'une phrase dans la bouche d'une grand-mère remuant la soupe. Ce n'était pas facile de savoir si c'était parce que le temps avait perdu son sens ou si Dieu avait tout simplement fui le village en quête d'une météo plus clémente. Les températures chutaient bas, aussi bas qu'un mulot tremblant dans les broussailles pour se cacher des chouettes. Chaque hiver, les garçons du village, un à un, montaient la garde, armés d'une lanterne et perchés sur le haut avant-poste de bois, avec, à leurs côtés, une cloche et un couteau. La mère de chaque garçon emballait toujours dans du papier journal un poisson cuit pour que son fils ait à manger. Si d'aventure il apercevait du mouvement dans les bois, il était censé sonner la cloche et darder son couteau dans l'obscurité pour la garder à bonne distance. La plupart des nuits, rien. Mais une horrible fois de temps en temps retentissait une sonnerie au cœur de la pénombre, suivie d'un cri, et cette pesanteur traînait le murmure de ses coups de couteau et le vent de ses sanglots jusque devant les fenêtres. Le village se réveillait le lendemain pour découvrir un avant-poste déserté, tandis qu'on demandait déjà au garçon suivant d'honorer l'alliance. Certains hivers, aucun garçon n'était emporté. D'autres années, ils étaient six. Le printemps venu, le village se rassemblait pour graver le nom des enfants dans les murs de sa synagogue et pendant un temps, ces noms protégèrent les fidèles qui priaient à l'intérieur. Et ainsi de saison en saison, jusqu'au printemps où des soldats débarquèrent de la capitale avec leur chemin de fer. Le village devint un lieu entre plusieurs villes. Le chemin de fer apporta du lait, de la laine, des étrangers. Les étrangers arrivèrent avec leurs machines à calculer, avec leurs crucifix taillés dans des os de porc, avec de nouvelles maladies, et des poignards en forme d'appareil génital. Et tout allait bien à mesure que les gens du village s'émerveillaient de leur nouvelle prospérité, buvant à chaque repas un épais bouillon d'os. De nombreux hivers passèrent sans le moindre incident sous les nouveaux lampadaires électriques. Mais sous ces illuminations, les garçons se firent plus cruels et orgueilleux, se rassemblant en meute tels des chiens. Ils formaient comme des caillots de sang dans les rues. Tout le monde souffrait sur leur passage. Il fallut attendre que le gouvernement s'effondre, que le chemin de fer périclite, qu'il n'y ait plus assez à manger, pour que le reproche fasse son retour affamé dans le village. Lorsque revint l'hiver, il fit noir toute l'année. Aussi noir que dans les entrailles d'un œuf de corbeau. Aussi noir que des pierres à la place des yeux. Un noir amphibie. Un noir de foutre de rat. Un noir de cataclysme. Et lorsqu'enfin la lumière du jour réapparut, elle trouva un village aussi creux qu'une cloche dont le marteau, cette langue, a été coupé. Le sol jonché d'arêtes de poisson. La synagogue, poignardée partout de nos noms.

Ça vient plus vite maintenant. Une ville saignant dans une autre. Je ne le remarque pas au début. Dans le métro, on entend déjà parler des dizaines de langues différentes rien qu'à rester assis là, et parfois il se passe une centaine d'années entre les arrêts. Mais je prends à droite dans la Cinquième Avenue, qui s'efface derrière une immense étendue d'eau, et là-bas au loin, un petit bateau avec à son bord chaque animal vivant. J'entends l'accélérant clapoter de tout son poids dans mon sac. Un clignement et la rue est de nouveau là, mais elle est uniquement remplie d'hommes qui s'engueulent pour le prix du pain, une librairie à chaque coin de la rue. Un clignement et voilà que réapparaît ce troupeau de chèvres qui descend la rue aussi lentement que s'étire une écriture manuscrite, une flotte de Cadillac au gris mat. Un homme empoigne un ange dans le seul but de l'embrasser sur la bouche. Les flics antiémeutes arborent une moustache et portent des uniformes aussi propres que ceux des gardiens de prison dans les camps. Je baisse les yeux sur mon téléphone mais ne découvre qu'un livre de prières. J'arrache la peau de mes mains à force de cogner et cogner encore sur la porte en bois du placard, mais Arnold refuse de me laisser sortir. J'entends la foule au loin, qui chante « Zog Nit Keynmol », tandis qu'une à une les voix s'éloignent, et quand enfin elles apparaissent, je vois une personne après l'autre tomber silencieuse sous la baïonnette d'un soldat. Chaque vitrine de banque devant laquelle je passe est un vitrail qui se brise, chaque passé entaché de banques, et derrière ces fenêtres ce sont tous mes morts qui marchent avec moi.

Ezra : J'ai rêvé de toi

Ericka : on baisait ?

Ezra : Dans TES rêves ☺

Ericka : je faisais quoi

Ezra : En gros on faisait rien que de traîner dans cette vieille bâtisse, genre le truc bien moisi.

Ericka : type grey gardens ?

Ezra : Exact, et toute la bouffe poussait dans les fissures sur les murs et on se contentait de manger des graines et des fleurs, et on aurait dit que dehors c'était la fin du monde, et donc on errait dans ces gigantesques pièces vides, à la recherche désespérée d'un truc qu'on arrivait pas à nommer.

Ericka : on dirait plutôt un cauchemar.

Ezra : Non, c'était le paradis.

Comme je ne suis abonné à aucune liste de diffusion et que je bouge pas mal, je découvre la réunion tardivement sur la page des anciens étudiants, une fois que tout le monde a déjà prévu d'y aller. Quand je clique sur « participe », Ericka me contacte aussitôt pour voir si c'est bien le cas et si je veux qu'on se prenne une piaule à deux quelque part, et est-ce que j'y crois que ça fait déjà cinq ans ? On dit en plaisantant qu'on est devenus des vieux croûtons. Iel vit à Londres grâce à une bourse d'artiste octroyée par une ancienne université coloniale, et iel enseigne au niveau licence la sculpture à partir de détritus. Iel a créé des installations hybrides vidéo/son, des œuvres expérimentales adaptées à leur environnement et construites avec des matériaux recyclés, que j'ai vues en ligne et dont j'essaie de me convaincre que le plein effet ne passe pas très bien à l'écran – du moins, j'espère que c'est ça. Iel non plus n'a pas vraiment gardé de contacts avec les autres étudiants. Aucun de nous deux n'est vraiment sûr d'avoir envie d'y aller. Qui en réalité décide de sauter comme ça à pieds joints dans le passé si on peut éviter ? Les souvenirs devraient refaire surface de manière soudaine, et pas plus souvent que ça. Mieux vaut vivre sa vie au présent sans directement titiller les fantômes, ni les inviter à se montrer. Je dis que j'irai, toutefois. Il ne se passe pas grand-chose d'autre dans ma vie et puis… Eh bien il y a un trou à remplir ; et peut-être que j'y trouverai quelqu'un pour m'aider à le combler. Et puis si ça tombe ce ne sera pas si mal, après tout.

Dans le train qui me ramène sur le campus pour la première fois depuis que j'ai fui, il n'y en a que pour les incendies aux infos. Pas ceux déclenchés par des manifestants, mais le genre d'incendie auquel la terre nous rappelle. Sur nos téléphones, nous voyons tous que les ciels au-dessus de la Californie ont viré à l'orange, comme si un désert avait été soulevé et placé là-haut dans l'atmosphère. Du sud de la Californie à la Bay Area sous un épais manteau d'agrumes brûlés, et tout le monde sort son téléphone pour prendre des photos au lieu de courir se mettre à l'abri dans un endroit où on peut respirer. C'est tout ce qu'il y a à savoir sur la fin de notre espèce, je pense – ce qui remplace le désir de survie est le désir scopique, l'envie de documenter le monde à mesure qu'il se retire. Dans mon carnet, je barre la Californie de ma liste d'endroits où fuir. Puis je dessine la terre plate et la balafre de deux traits.

Lorsque j'arrive sur le campus, je me rends compte que si, finalement, ce sera sans doute « si mal » que ça. Je me mets à trembler de manière incontrôlable durant le court trajet en Uber depuis la gare, à mesure que nous approchons de cette arche qui nous souhaite à nouveau la bienvenue à l'université. L'arcologie est parfaite et intacte, un véritable mausolée, mes divers souvenirs préservés à l'endroit exact où j'ai pu les laisser, figés dans cet espace creusé au cœur même de mon cerveau. Avant de signaler ma présence et de déposer mes sacs, je suis quelqu'un jusqu'à mon ancienne résidence en première année et là, une fois dans le hall, j'éclate en sanglots. Des étudiantes me contournent en silence, un regard d'horreur jeté à ce vieil homme triste qui chiale dans leur nouveau chez-elles. Puis c'est au tour d'un deuxième année, un des responsables de la résidence, de venir me voir en me demandant *Ça va, monsieur*, terreur dans la voix à l'idée de ce que je pourrais faire. Je lève les yeux de ma misérable personne pour les poser sur sa jeunesse et sa nouvelle moustache expérimentale, et je l'observe qui s'efforce de rassembler toute son autorité dans sa voix frêle. Mais avant qu'il ne me demande de sortir, je lui dis *J'ai vécu ici, et même à l'époque c'était un peu comme si je n'y vivais pas vraiment*. En réalisant à quel point ce que je viens de dire doit paraître ridiculement mélodramatique, je me mets à rire, puis à rire-rire, d'un rire chaotique dont l'éclat se coince dans le fond de ma gorge pour y tourner en rond. Il recule lentement, regard de plus en plus écarquillé par la peur.

Pas grand-chose n'a changé en cinq ans, hormis la façon dont les jeunes s'habillent – le monochrome *dark academia* ayant vraisemblablement la cote –, et la technologie

– toujours plus de gens happés par leur téléphone, surveillance et sécurité renforcées dans les résidences. À part ça, tout est exactement identique à quand je suis parti. Sauf le placard où j'ai sucé ma première bite étudiante, dont je découvre en passant qu'il a été condamné ; et me revient alors en tête que ce mec est mort – overdose. Je n'arrive pas à croire que j'aie pu l'oublier et qu'il aura fallu ce nouveau mur pour déterrer ce vieux souvenir. Où que je pose les yeux, un truc que j'ai refoulé lève la tête et se rappelle à moi en un sourire. Au niveau du belvédère, Quentin fume sa première clope piochée dans mon paquet et me regarde comme si je comptais vraiment pour lui et n'allais pas lui faire de mal. Ericka tient ma frange étrangement longue et grasse pour que je puisse vomir proprement au sous-sol du centre étudiant. Sur le flanc de la bibliothèque, je suis penché sur un livre et déclame des partitions de Yoko Ono devant une galerie de potes pliés de rire. Là-bas sur le parvis, c'est un autre étudiant mort qui fait le poirier pour tenter d'impressionner mon groupe avant de se pointer et de se présenter.

Ça fait mal de se rendre compte que les gens continuent de vivre leur vie même quand on ne les regarde plus directement. Un jour vous découvrez le concept de permanence des objets, puis ça vous sort aussitôt de la tête. Dans mon esprit, les gens restent exactement qui ils étaient quand je les ai laissés. Ça ressemble à un mélange de narcissisme et de psychose, je sais ; mais c'est peut-être également une sorte de don, cette idée que chacun puisse rester à jamais jeune dans ma tête, peau impeccable avec tout l'avenir devant soi. Une illusion qui s'effondre d'elle-même avec le bal qui a lieu dans le gymnase vaguement rénové de la fac, quand soudain – tout le monde est là. J'en ai observé quelques-uns grandir en ligne au fil des années, d'autres me disent vaguement quelque chose, un menton ou le T du visage que je crois reconnaître, tandis que d'autres encore ont totalement disparu de mes radars et refont aujourd'hui surface sous les eaux du passé – quelque peu dégarnis, une femme et un gosse qui hurle à leurs basques. L'anar crust-punk qui bosse désormais pour le Département d'État. Le camé dans son blouson de cuir qui me fourguait de l'ecsta à partager avec mon prof de théâtre est aujourd'hui assistant social à Pittsburgh. Tous les étudiants en théâtre qui essaient toujours de percer sur les planches. Tous ces queers et radicaux qui soit se sont à nouveau réfugiés dans le placard, soit se sont choisi une voie plus facile. Tous ces gens qui ont épousé leur crush étudiant. Je trouve ça gênant de voir qu'ils sont si nombreux à avoir gardé des liens.

Quentin est là avec son mari. Ils dégagent tous les deux une certaine opulence, chacun vêtu d'un smoking assorti à l'autre, baskets montantes fluo sans un pli. Il fait les présentations et les yeux de son mari se froncent en une sorte de faucille, genre *Ah, c'est donc lui l'espèce de petite bitch ?* Et même si je suis infoutu de me souvenir de ce que j'ai pu faire, je suis sûr de l'avoir fait, sûr de le mériter. Alors je me contente de lui sourire en lui serrant la main de façon un peu trop enthousiaste, avant de faire semblant d'avoir aperçu un ami à l'autre bout du gymnase. La musique qui passe, M.I.A. et Crystal Castles, date d'il y a cinq ans et paraît déjà tristement nostalgique ; nous avons rassemblé autour de nous un petit groupe au sein duquel existaient les liens universitaires les moins forts, pour faire passer ma bouteille de whisky comme avant, tout en prétendant qu'il s'agit là d'un truc nouveau et que ce n'est pas quelque chose qu'on continue tous de faire. Presque tout le monde évite de parler du nouveau président. Les quelques personnes qui abordent le sujet le font de manière démago et ça fait chier les autres. Les gens font style qu'ils l'ont vu venir, comme si leur vision politique était à ce point affûtée, comme s'il s'agissait de l'extension de cette même terreur qu'a toujours représentée l'Amérique, ce qui est le cas bien sûr – sauf que bien sûr ce n'est pas le cas. Quelle part de cette affectation peut bien se résumer à vouloir flotter au-dessus de ce cauchemar dans lequel nous sommes tous plongés depuis toujours, à prétendre avoir su, pour ne pas avoir à tomber des nues à l'idée que l'inconnu ait pu à ce point se jouer de nous ?

Quelqu'un dont le nom m'échappe mais avec qui j'ai suivi un cours sur le ciné (Janine ?) me demande comment je vais depuis le temps, et je me sens submergé à la pensée d'avoir à raconter ma vie. Comment résumer cinq ans de votre existence tout en tâchant de lui prêter une certaine valeur ? Quelle est la teneur de ce dialogue, selon quelle monnaie d'échange ? Où sont passées toutes mes bonnes manières ? *Je travaille dans une librairie,* je lui réponds, mais ne vais pas plus loin, et ceci semble la satisfaire, du moins assez pour qu'elle aille s'adresser à quelqu'un de plus intéressant. Tout le monde est mieux sapé que moi, costume parfaitement taillé. Le dress code est plutôt formel, je m'en rends compte une fois ici, avec mon hoodie noir sur le dos, short en jean noir coupé très court, perruque blonde au carré. Tout le monde se marre à propos d'un mème que je n'ai pas vu, et ils font tous le tour du cercle en imitant le chat ou l'enfant ou que sais-je encore dans leur voix stupide, alors je sors du gymnase pour aller m'en griller une, et ça va mieux une fois dehors, il y a plus d'espace ; je décide de marcher sans but précis et de continuer à m'enfoncer dans la nuit, sachant pertinemment où je vais.

Nous marchons en nombre, un véritable troupeau, de la ville à la gare de triage aux trains. Sous nos pieds la poussière, les pavés, la chaussée. De village en village, nos livres sur le dos tel des miches de pain. Le pain dans nos sacs tels des livres. L'animal en moi s'ébroue, reconnaît un sentiment si ancien qu'il est enfoui au plus profond de notre ADN. Nous nous déplaçons comme on déplace des chèvres, en immenses cheptels, jusqu'à l'abattoir. Si vous remontez assez loin dans le temps, la ligne génétique de chaque chose vivante en rejoint une autre, un pas en emboîtant un autre quelque part au cœur de cette double hélice que nous formons.

Il fait déjà noir quand j'arrive devant chez Arnold. La peinture bleue s'écaille autour des fenêtres et le lampadaire projette sa lueur jaunie partout sur la façade victorienne, lui prêtant un vert amer de cornichon. Il m'a fallu une demi-heure pour marcher jusqu'ici, ou la moitié de mon existence, et j'ai quasiment fini tout mon paquet de cigarettes. Je sais qu'il n'habite plus là. J'ai beau avoir bloqué son numéro, je n'ai pas arrêté pour autant de le lire et de me tenir informé, de loin, de suivre ses péripéties en ligne. Il a perdu son boulot pour une raison « non divulguée », mais ça paraît plutôt évident qu'il s'est passé un truc avec l'un des ados où il bossait. Il doit à l'heure qu'il est purger une peine bien trop courte en prison, mais son casier le poursuivra pour le restant de ses jours. Je sais que si je déclarais que j'étais responsable, on me dirait le contraire, mais au fond de moi je saurais que c'est la vérité. Alors j'ai décidé de ne pas en parler. J'aurais dû me douter qu'il était capable de ce genre de choses – que les types qui enferment des gens dans des placards sont capables de pire encore, et j'aurais dû faire quelque chose pour éviter ça, ne serait-ce que dévoiler son nom. À regarder cette maison pour la première fois après toutes ces années, je sens un corbeau becqueter la charogne écrasée sur la route plate de ma poitrine, une carcasse posée là depuis des années, abandonnée de tous. La fenêtre de la chambre où je dormais et celle où j'ai été enfermé dessinent les deux yeux d'un visage à l'envers.

J'espère que ce gamin va bien, même si je sais que ça ne peut pas vraiment être le cas. Qui étais-je, quand je vivais ici ? Qui étais-je quand je me suis enfui ? Toutes les lumières sont éteintes dans la maison. Je n'arrive pas à dire si quelqu'un y vit aujourd'hui ; la valeur a dû dégringoler après ce qui s'est passé, à moins que l'agent immobilier n'ait couvert l'affaire. J'attrape la demi-bouteille de Wild Turkey avec pour seule idée en tête de la fracasser contre le bardage PVC que quelqu'un a flanqué sur la vieille bâtisse. J'y mets tous mes muscles, seulement voilà, la bouteille glisse entre mes doigts et, dans sa trajectoire recalculée, fait voler en éclats la fenêtre de la salle à manger, créant une soudaine gueule béante dans le flanc de la maison, un tunnel noir et vide où peuvent se faufiler un corps et des mots. Une lampe s'allume brutalement à l'intérieur et cette gueule est inondée de lumière. J'ai peur qu'elle se mette à parler, alors je prends mes jambes à mon cou et me renfonce dans la nuit d'où je suis venu.

En rentrant sur le campus, je suis soulagé de voir que la fête est terminée. Tout le monde est soit parti en couple faire une connerie, soit divisé en petits groupes pour danser au son écrasé de la musique qui sort sur le haut-parleur d'un téléphone, ou alors pour faire tourner un joint sur le parvis de la fac, sous l'arbre au-dessous duquel on venait déjà fumer et se plaindre de notre misérable existence. Pas impossible que Janine soit en train de chialer dans le noir derrière la résidence des premières années, et je me dis *on est pareils elle et moi*. Un mec au menton distingué, chemise humide intégralement ouverte, hurle dans son téléphone, assure à l'autre personne au bout du fil qu'elle lui manque, à lui aussi, et promet de ne pas faire de connerie. Tout le monde se comporte comme des gosses, se comporte comme s'ils étaient plus jeunes encore que quand on étudiait ici.

Ericka me rejoint et nous nous partageons ma dernière clope sur le banc que nous occupions pour juger les gens qui le matin allaient en cours. C'est la première occasion que nous avons de nous parler et nous nous coulons à nouveau sans problème dans cette vieille routine. *T'as vu la veste d'Alejandro – t'y crois à ça ? T'as entendu ce que disait Kristina en mangeant ? Quel est le psychopathe qui a fait ça aux cheveux de Jessica ?* Iel dit être au courant de ce qui m'est arrivé. Moi je me souviens d'avoir lu un truc quelque part sur internet comme quoi iel avait perdu son père. *J'en ai entendu parler*, je lui dis. *Ça valait le coup de traverser un océan ?* je lui demande. *Carrément*, iel répond, en se bidonnant. *Le monde touche à sa fin, pourquoi ne pas remuer de mauvais souvenirs, hein ?* Je pose la tête contre son épaule, et iel pose la sienne contre la mienne – c'est comme si nous ne nous étions jamais quittés, et c'est comme si nous n'avions jamais été ici. Nous n'avons jamais été ici. *T'es plus comme avant*, iel me dit, *tu parais plus froid. L'âge t'a rendu froid.* Ses boucles forment un rideau humide sur mon visage. *Toi t'as pas changé*, je réponds, *tu fais toujours autant chier.* Nous éclatons de rire puis arrêtons de rigoler. Nous restons comme ça jusqu'à ce que le champ soit libre, avant de regagner nos passés distincts pour dormir – dans les lits jumeaux d'une chambre universitaire conçue par un homme qui doit sa célébrité aux prisons qu'il dessinait. Le lendemain matin, on se dit au revoir comme deux étrangers.

L'une des dernières choses que je fais à la librairie, c'est mettre sur pied une nouvelle section intitulée *Mythes morts*. Lukas, ça ne le branche pas trop. L'idée est simple : les livres peuvent traiter de n'importe quoi – du guide ornithologique aux conseils de la rubrique sexo, en passant par la philosophie du temps. Seul point commun : il doit s'agir de textes ayant appartenu à des personnes désormais décédées, qui ont gribouillé dans la marge. Sur la première page d'un vieux volume de contes juifs, une note manuscrite précise :

> Meredith,
> Au moins j'espère que ceci te fera sourire.
> Je te demande pardon.
>
> ~ ton vieux pR
> juin 1992

Je bâtis un petit sanctuaire à l'arrière de la boutique pour collectionner toutes les petites traces que nous laissons derrière nous.

La nouvelle de sa mort me parvient de la même manière que tout le monde découvre ses morts, aujourd'hui. Les mots *En souvenir de* flanquent votre visage, et puis c'est la pluie de commentaires, tout le monde soudain hyper-conscient que vous n'êtes plus là alors que ça fait des années qu'ils n'ont pas pensé à vous. Chacun cherchant savoureusement à obtenir davantage d'informations tout en partageant des photos de vous sourire aux lèvres.

Je ne fais que scroller, comme n'importe qui, en mangeant mon burrito acheté au foodtruck situé à quelques minutes à pied du campus, la qualité du poulet me laissant profondément indifférent, lorsque sa photo apparaît dans mon fil. Il est jeune sur l'image, à peu près l'âge qu'il avait quand il a commencé à venir chez moi, la casquette des Yankees n'ayant pas encore eu le temps de devenir dégueulasse. Il porte ses deux chiens, encore assez petits pour pouvoir tenir chacun sous le bras. Je souris avant de comprendre de quoi il retourne. Quand je percute, quelque chose s'ouvre et tombe en moi, et n'arrête plus de tomber.

Si nous étions en vie, je sais qu'il ne s'en souviendrait pas ; mais maintenant que ni lui ni moi ne sommes plus là, je tiens le pari qu'il ne peut oublier. Nous sommes assis sur le bord de mon lit devant mon petit téléviseur, qui projette sur nous sa lueur immobile comme une robe bleue. Nous étions en pleine partie, deux hommes à la musculature impossible se livrant un combat à mort dans leur uniforme déchiqueté, leur brutalité leur servant d'excuse pour se toucher, mais voilà que nos avatars sont sur pause et reprennent leur souffle. Un truc affreux s'est produit chez lui, sauf qu'évidemment il refuse de me dire quoi. Sa tête est posée sur mes genoux et le poids est confortable ; je sens qu'il pleure en silence, à sa façon bien à lui, sans larmes, rien qu'une sorte de saccades vides. Je demande si ça va, et il m'envoie un coup de poing dans la jambe, un seul, violent, et je la sens s'engourdir. Puis il soulève la tête et m'embrasse sur la bouche pour la première fois.

Sa nécrologie, postée sur le site du journal local, demeure désespérément vague et ne me dit rien au-delà du fait qu'il s'agit, évidemment, d'une tragédie. Entre le moment où j'apprends qu'il est mort et celui où j'apprends comment, je reste terré dans ma piaule à la résidence U et entrevois dans ma tête chaque mort possible : Edwin qui se casse la gueule d'un toit au boulot, le pick-up d'Edwin qui se fait projeter sur le terre-plein central par un camping-car en état d'ivresse, Edwin qui se fait assassiner dans son lit par un amant jaloux, Edwin qui se fait dévorer par ses chiens devenus sauvages et affamés, une petite blessure au pied d'Edwin qui n'est pas traitée et s'infecte, un caillot dans la cuisse d'Edwin qui déclenche un AVC monstrueux, une rixe dans un bar qui tourne mal, lui qui se balance au bout d'une branche derrière chez sa mère, un pan de trottoir mouillé, une plaque de béton égarée, un piano, une cigarette sur sa couverture. Quand je découvre enfin le commentaire qui me donne plus de détails, rien n'est tiré au clair, accident de voiture, en direction du nord sur l'I-95. A-t-il été expulsé du pick-up bleu ou est-il mort à l'intérieur ? Était-ce l'autre chauffeur, ou était-ce lui qui était trop défoncé pour être en état de conduire ? Était-ce intentionnel de sa part ? Où placer la faute ? Comment se peut-il que ce ne soit pas la mienne ?

La suite est plus fade. Les couleurs du monde virent au sépia et n'affflueront plus jamais.

Quand après la réunion je rentre chez moi, je n'ai pas l'impression que ceci soit à moi, ni cet appart, ni ce corps. Pourquoi ça le serait, d'abord ? Combien de gens ont vécu ici depuis la construction de cet immeuble, il y a bientôt cent ans – vingt familles, vingt de plus ? Combien de personnes ont visité mon corps sans jamais en partir ? Seul dans cette ville, je n'éprouve plus le même plaisir que jadis quand je marchais, invisible, me perdant au cœur de tous ces environnements instables. L'invisibilité peut être une autre forme de violence. Il doit y avoir une centaine d'apocalypses à l'horizon, et qu'est-ce que je peux y faire, moi ? Tout le monde en parle sans agir, ou pire encore, on n'en parle même pas et on se contente de retourner à sa salade, son cours de yoga ou son pashmina. Mais qu'est-ce qu'on peut faire, au juste ? Moi je reposte des trucs en ligne sans commentaire. Je vais bosser. Je prends part aux manifs. Je donne un peu d'argent, ce que je peux tout en restant à l'aise. Ce n'est jamais assez. Il fait si chaud dans l'appart, je n'arrive plus jamais à bien dormir. Le proprio met le chauffage parce que techniquement on est en hiver, du moins si on en croit le calendrier. Je me réveille tous les matins trempé, baignant au milieu de tous ces fluides que mon corps refuse de gérer.

Même si je n'ai quasiment plus le moindre désir sexuel, je m'efforce de remplir une partie de ce vide à l'aide d'une dernière connerie. Je me trouve un vieux, un type sur Scruff, *Dad4Jung* (plus tard, *Call me James*) ; il possède un spacieux loft dans le quartier de Williamsburg. Ses photos donnent l'impression qu'il est le propriétaire discret de plusieurs maisons confortables sans toutefois souhaiter se montrer ostentatoire. L'appart est sympa, on dirait une de ces pièces où de vieilles carrières à Hollywood étaient lancées ou sabotées. Ses yeux sont si bleus qu'ils paraissent blancs, deux bouts de papier vierge fixés sur moi pendant qu'il me prend sur son tapis en peau de vache. Je quitte mon corps l'espace d'un instant pour flotter au-dessus de nous et regarder la scène se dérouler. Ce genre de pornographie autoérotique désincarnée n'est pas si rebutante ; au contraire – empli et absent d'une certaine manière, étendu là en offrande et à des milliers de kilomètres de distance. Une fois qu'il a terminé, il me demande de rester dormir et j'ai envie de passer la nuit entière à même la douceur de cette vache morte, mais il insiste pour que je le rejoigne sur son luxueux matelas à mémoire de forme qui capture la dépression précise qu'y dessine mon corps. *Mémoire, capture, dépression, corps*. Je persiste à trouver du sens là où il n'y en a pas, tandis que ce type, lui, persiste à me regarder, à me caresser le crâne en m'appelant son brave fiston jusqu'à ce qu'il finisse par s'assoupir. Voilà qui fera l'affaire, je me dis. Il a une belle bibliothèque. Des étagères remplies de premières éditions intactes de Marcuse, Fromm, Fanon. Je me demande ce qu'il se passera après sa mort ? S'il a un plan pour ce trésor qu'il a amassé. Alexandrie a brûlé et emporté avec elle des siècles de savoir. Quand nous partons, nous faisons de même.

Je ne dors pas de la nuit, réfléchissant au lendemain. Cet homme roupille à mesure que je planifie mon itinéraire en métro et cherche sur mon téléphone un endroit où m'arrêter pour prendre de l'essence. Cet homme roupille à mesure que les eaux usées se déversent dans les rivières, et que des gens frissonnent dans l'embrasure des portes. Ça ne le dérange en rien, il ne se rend même pas compte de la facilité avec laquelle je pourrais le cambrioler. Rien ne l'atteindra jamais ici, au milieu de son fric, au milieu de ce petit monde qu'il s'est bâti à l'écart de la souffrance de l'univers – mais n'est-ce pas ce que nous finissons tous par faire, en fin de compte ? Avec de l'argent, si on parvient à mettre la main dessus ? Même les meilleurs parmi nous ? Et ce, quand bien même nous nous estimons différents ? J'envoie un SMS à Lukas pour lui dire que je ne viendrai pas bosser demain.

Le lendemain matin, je vole à cet homme une de ses chemises élégantes et file avant qu'il ne se réveille. Et là, juste là, dans les premières lueurs du jour, à l'angle de Union et Metropolitan Avenues, se trouve une chèvre.

Il existe une famille de plantes appelées pyrophytes, qui n'ont pas seulement évolué pour mieux résister au feu, mais en profitent. Une espèce dépend des feux de forêt pour faire fondre la cire qui entoure ses cosses ; une autre pour que ses graines puissent germer. Une autre espèce de plantes ne pousse que dans des sols fertilisés par la cendre, tandis qu'une autre encore, l'eucalyptus, renferme une sève inflammable qui facilite la propagation des incendies afin de mieux protéger son habitat. Toute espèce s'adapte à ses circonstances. Toute circonstance exige une forme d'adaptation. Qu'y a-t-il que nous ne puissions apprendre du monde naturel, de la nature qui nous entoure ? Nous nous écartons de la terre, oublieux du fait que nous serons enterrés en son sein. Parfois le feu est une langue à part entière.

J'imagine papa, d'ici quelques années, dans un endroit où l'air est pur. Pour mon Yahrzeit il allume une bougie près de sa nouvelle famille, rassemblée autour de la flamme qui lentement ronge son épaisse mèche. Ces hommes ont vieilli et se sont radoucis dans leur ancienne école. Chacun prépare tour à tour le petit déjeuner pour les autres. Ils confectionnent leur propre savon, qu'ils vendent ensuite au marché des producteurs locaux. Ils continuent d'étudier tous les jours. Ils cultivent du chou kale et des tomates sur un petit lopin de terre. Ce n'est pas le paradis, évidemment, mais ça fait l'affaire.

La mort donne lieu à tout un rituel qui consiste à préparer le corps à la bureaucratie. La paperasse, le caveau, le testament, l'histoire, les mesures, le cercueil, le service, l'ordre. Je me souviens de tout.

Je prends à droite dans la Cinquième Avenue et toute ma famille est là. Nous sommes des milliers à marcher dans mon corps, chaque pas si lourd que nous fendons le bitume. Chaque parcelle de trottoir s'ouvre comme une gueule béante derrière nous. Le bruit que nous faisons ôte aux vitrines leur verre. Nous faisons une pause au milieu de cette petite foule que toutes nos voix rendent impossiblement bruyante. Toutes nos mains soulèvent le bidon au-dessus de ma tête, tous nos sens s'inondent d'essence. La survie à tant de choses pour qu'enfin je puisse mettre un terme à cette ligne de pensée. La fatigue de tant d'entre nous, qui avons fait de notre mieux, et sommes prêts à n'être plus. Las de fuir et des échappées. Mes poumons se remplissent de sel tandis que je tourne le dos à ce pays et retourne à mes compatriotes – je gratte l'allumette.

1er degré (superficielle) :

planète allergie

2e degré (derme atteint) :

circulation des soldats

3e degré (hypoderme atteint) :

organe ravagé

Immolation :

matelas d'os

Impossible, durant tout le trajet en métro qui m'emmène en centre-ville, d'arrêter de sourire dans ma nouvelle chemise hors de prix. Quiconque ose poser les yeux sur moi reçoit en retour la totalité sans fard de mon regard, la bienveillance de mon nouvel œil fixe. Sans attaches ni filtres. C'est peut-être bien la toute première fois de ma courte vie que ça arrive, mais je plonge intensément le regard dans chaque intense paire de pupilles noires en me disant *Toi et moi on est de la même famille*, et je sens alors une certaine chaleur courir dans les veines de mon visage. En chaque personne, je vois la personne entière. Je m'émerveille de cette rencontre qui nous met en présence l'un de l'autre, ici, à bord de ce train qui fore sous la ville, quelque part entre l'histoire et l'histoire. L'une après l'autre toutes ces personnes me regardent, et l'une après l'autre froncent les yeux, ou font mine de regarder ailleurs, se détournent – mais chacune, à sa façon, finit par me sourire à son tour.

Remerciements

Un puits de gratitude sans fond à toutes celles et ceux qui ont rendu ma vie et mon écriture possibles. Et une gratitude toute particulière à celles et ceux qui m'ont aidé à comprendre que ces deux choses étaient inextricables.

Micheal & Suzan (4Always). À ma famille, de sang ou non. À ma famille d'écriture – tout mon amour à Hieu, Danez, Cameron, Franny, Fatimah, Paul, Nate, Hanif, Kaveh, Jamila, Safia, Sarah & Alison.

À tous les romanciers et romancières qui m'ont aidé à imaginer qu'un jour je pourrais à mon tour écrire un roman. En particulier à ces deux personnes dont j'ai suivi les ateliers d'écriture fictionnelle à l'université il y a une dizaine d'années – Elizabeth McCracken et Alexander Chee : vous m'avez tous les deux aidé à croire qu'un jour je pourrai faire mumuse dans votre bac à sable, et vous m'avez montré à quel point ce bac était immense.

Ma gratitude envers le programme de résidences MacDowell où j'ai mis ce livre en chantier en 2016, et envers The Mesa Refuge, où j'ai pu continuer de travailler sur ses pages. Merci à cet étrange hôtel de Petaluma, et à chaque café et chaque bibliothèque où j'ai pu marmonner ces phrases à moi-même jusqu'à ce qu'elles sonnent juste. Et pardon aux étudiant·e·s qui voulaient travailler en silence pour la gêne occasionnée.

Un très grand merci à Rita pour l'attention minutieuse en tant qu'éditrice, et à Rob et Amanda, ainsi qu'à tout le monde chez McSweeney's, pour avoir donné vie à ce livre.

Pour Kim, collègue à l'université de Stanford, et notamment mes étudiant·e·s qui m'aident à me souvenir des diverses façons qu'a l'art de se mouvoir depuis, dans et sur le monde. Merci. Merci. Et encore merci.

Composé et mis en pages
par Nord Compo à Villeneuve-d'Ascq
et achevé d'imprimer en février 2025
par Corlet,
en Normandie.

MIXTE
Papier issu de sources responsables
FSC® C014496
FSC www.fsc.org

ISBN : 978-2-413-08996-4
Dépôt légal : avril 2025
Numéro d'impression : 24120173